KB021974

回春

거꾸로 나이 먹자!

秋空 이진재

回春_거꾸로 나이 먹자

펴 낸 날   2022년 02월 11일

지 은 이   秋空 이진재
펴 낸 이   이기성
편집팀장   이윤숙
기획편집   서해주, 윤가영, 이지희
표지디자인 장재진
책임마케팅 강보현, 김성욱
펴 낸 곳   도서출판 생각나눔
출판등록   제 2018-000288호
주　　소   서울 잔다리로7안길 22, 태성빌딩 3층
전　　화   02-325-5100
팩　　스   02-325-5101
홈페이지   www.생각나눔.kr
이 메 일   bookmain@think-book.com

• 책값은 표지 뒷면에 표기되어 있습니다.
 　ISBN　　979-11-7048-354-0(03810)

Copyright ⓒ 2022 by 이진재 All rights reserved.
 ·이 책은 저작권법에 따라 보호받는 저작물이므로 무단전재와 복제를 금지합니다.
 ·잘못된 책은 구입하신 곳에서 바꾸어 드립니다.

回春

거꾸로 나이 먹자!

秋空 이진재

[부록] 『트바로티』를 읽고

생각나눔

코로나 시절 속에서도 계절은 잘도 흘러간다.

벌써 세 번째 봄을 맞이하고 있다. 나처럼 나이 많은 사람들은 저 세상 갈 날이 머지않았다고 푸념을 한다.

그러나 잘 늙으면 청춘보다 아름답다.

가는 세월 받아들이고 우아하게 늙어갈 수 있다면 좋겠다.

노화는 피할 수 없는 인생의 과정이다. 늘 긍정적으로 베풀며 사랑하는 마음이 젊음을 준다.

내가 어린 시절, 청년 소년 시절이나 젊은 시절에 나 자신이 나이 먹고 늙으리란 생각을 해 보았을까? 그땐 그냥 막연하게 나도 늙어지겠지 했다. 그러나 이제 나이가 들고 보니 어떻게 하면 우아하고 아름답게 늙을까 생각하게 된다.

그렇담 머리 운동으로 생각이라는 걸 하고 살자.

생각 안에는 기억, 그 속에는 아름다운 추억도 있고 안 좋은 기억도 있다. 안 좋은 기억은 빨리 망각열차로 띄워 보내고 그동안 살아오면서 아름다웠던 추억을 다시 음미해 보면 어떨까?

엊그제 입춘이 지났다.

코로나 시절에도 봄은 오고 있다. 이제 내가 여든 하고도 두 번째 봄을 맞이하고 있다. 하늘나라 여행 준비를 할 때가 된 것이다.

거기엔 항상 꽃피고 새들이 지저귀는 봄날만 있을 것 같다.

또 코로나 같은 전염병도 없을 테고, 늘 건강하게 천사처럼 날아다니며 살아갈 것이다.

행복이 뭐 별건가!

일주일에 두 번 친구를 만나 낮 시간을 즐긴다. 젊은 날 같은 학교 근무한 것이 인연이 되어 만난 지 30년이 넘었다. 코로나 시절이 오래 가기 때문에 여러 가지 모임을 못 하게 되니 현재 가장 가깝게 지내는 친구로 만나고 있다.

정오에 만나 점심 먹고 간단한 쇼핑을 하며 하늘이 보이는 카페에 앉아 차를 마시고 유리 벽 밖으로 내다보이는 사계절 구경을 한다, 홀로 사는 우리만이라도 가끔 만나 외롭지 않게 즐거운 시간을 보내자고 서로 위로를 하며.

여름에는 녹색 공원이 내다보이고 가을엔 노랗게 물든 은행나무 사이로 아직 시들지 않은 연둣빛 풀잎이 반짝이며 저 가로수 아래로는 천막에서 호떡 파는 장애인 아저씨가 손님을 기다리고 있다.

어디 멀리 떠나지 않아도 동네 거리에서 봄을, 여름을, 가을을 감상하며 코로나 속에서도 행복을 느낀다.

또 가는 세월을 붙잡을 수는 없지만 즐거운 마음으로 살면 젊어지고 거꾸로 나이를 먹게 될 것이다. 그리고 매 순간을 기뻐하고 감사한 생각으로 살면 저절로 아름다운 추억을 만들며 살게 될 것이다.

이번에도 기억력과 사고력, 창조력을 허락하신 하나님께 우선 감사하면서 늘 책을 내도록 격려해 준 큰아들, 표지 디자인을 멋지게 만들어 준 작은아들, 그리고 인쇄와 제본을 예쁘게 꾸며 준 '생각 나눔' 편집실에 감사 인사를 전한다.

2022년 봄날
수락산 자락에서 秋空

|차례|

제1장

인간의 나이테

1. 거꾸로 나이 셈법

✿

　　✎ 늦은 봄 어느 날 큰아들이 강원도 사는 엄마의 옛날 남자친구를 만나고 싶다며 회사 연가를 내고 새벽에 날 데리러 왔다. 평일이라도 오후엔 차가 밀릴지 모르니 일찍 서둘러 갔다 오자고 했다. 그래서인지 양구 산골 동네를 3시간 만에 도착하였다. 가면서 전화를 했더니 12시에 점심을 먹을 수 있도록 강물에서 잡은 민물고기 매운탕을 주문해 놓았다.

　　10시가 채 안 되어 친구네 집에 도착해서 흙 토방 사무실에 앉아 있는 친구를 만나 오랜만에 담소를 하였다. 그런데 이 친구 이번 봄을 마감으로 산속 집과 텃밭을 떠나게 되었다고 한다. 부인의 유언대로 자식들에게 나누어 주었는데 무엇을 잘못했는지 남의 손으로 넘어가게 된 것 같았다. 사연이 궁금했지만 더 이상 묻지 않았다.

　　그리하여 반대편 산언덕에 농막을 지어 팔도를 돌아다니다 잠깐씩 와서 기거할 거라고 했지만 글쎄다.
　　아들은 「자연에 산다」 방송 프로를 보며 산골 생활에 자신도 적응할 수 있을까 점검하러 온 것인데, 오늘이 달 밝은 산속 마을 친구 집 구경을 온 것이 마지막이 된 것이다.

셋이 앉아 2시간 정도 이야기를 나누었다.

여기서 80 넘은 남녀 노인이 한 살 차이 나이로 오빠니 누이니 하고 웃긴 얘기를 나누었다. 하긴 1년 햇빛이면 얼마나 자랐을 텐데 인정해 주었다. 그러면서 내 친구 왈, 60 환갑에 나이를 되돌려 계산해 보니 지금 39세란다. 그러니 1살 아래인 나는 자연스레 40세가 되고 '거꾸로 나이 셈법'으로 산다면 점점 젊어질 수 있을 거라면서 모두 파안대소를 하였다.

그러고 보니 젊어지는 법이 간단하였다.

환갑이 되면 회갑으로 '되돌이' 해서 거꾸로 계산법으로 즐겁게 살면 되는 것이다. 하하.

하긴 요즘 21세기 들어 인간의 수명이 늘어나 세계적으로 나이 계산법을 UN에서 자신의 나이에 0.7을 곱해서 말하게 하여 자기 실제 나이보다 훨씬 젊게 산다고 했다.

나의 경우 80에 0.7을 곱하면 56살 중년으로 살고 있는 것이다. 하하 병만 안 나면 신나게 살 수 있을 것이다.

이제 실제 나이 80이 되어 죽어도 괜찮은 나이가 되었으나, 나이에 신경 쓰지 않고 운동으로 몸 관리를 하면서 즐겁게 살기로 했다. 그리고 점점 어려지는 나이 계산법을 상상하면서 세상을 거꾸로 보던 장면이 떠올랐다.

　우리 동네 동사무소 3층에 소규모의 헬스장이 있는데 코로나 이전에 다녔을 때 '거꾸리' 기계가 있었다. 나처럼 허리 디스크 협착증 환자에게 거꾸로 몇 분씩 매달려 있으면 효과적이이었다. 몇 분이나마 거꾸로 매달려 있으면 신기하였다.

　거꾸로 매달려 창밖의 하늘을 내다보는 것도 주변의 사물을 신기하게 바라보는 것도 재미있었다.

　참 세상을 거꾸로 매달려 보는 것도 재미있다.

　어차피 나이가 들면 다시 어린아이가 된다.

　김용임의 노래 「훨훨훨」처럼 탐욕, 근심, 걱정, 명예, 가는 세월 다 내려놓고 엄마 품속에 안겨 세상을 신기하게 바라보는 아기처럼 순진 무궁하게 사는 것도 행복할 것이다.

　거꾸로 나이 계산법을 적용하면 신나는 세상이 될 것 같다.

2. 나이 덜어내기

    ✎ 많은 사람들이 나이 드는 것을 두려워한다.

젊은 세대와 단절되고 생동감 넘쳤던 과거로부터 점차 멀어져간다는 생각에 젊은 시절의 자신을 그리워한다.

그러나 과거에 대한 집착에서 벗어나 오로지 '이 순간'에 집착하면 나이 듦에 대한 두려움은 사라지고 인생을 보는 시각이 달라진다. 과거가 아닌 현재의 순간만을 살면 쓸데없는 고민에서 벗어나 주변 세상을 있는 그대로 바라보게 되고, 그 순간부터 눈앞의 세상은 훨씬 더 아름답게 변할 것이다.

그리하면 젊은이들에게 현명한 스승이 되고 청소년들에게는 부모들이 줄 수 없는 지혜를 채워줄 수 있는 정신적 스승의 역할을 할 수 있게 될 것이다.

인생에서 중요한 것은 나이를 먹었다는 사실이 아니라 지금 이 순간 내가 무얼 하고 있느냐이다. 그렇담 요즘 노인들은 무엇으로 살아야 할까?

21세기 노인들은 나이로 살지 않고 역할로 산다고 이호선 박사(숭실대 노인 상담 전문가)가 말했다. 내 생각과 같다.

나이가 70이라도 마음의 나이가 50일 수가 있다.

50대처럼 말하고 행동하며 의상과 문화적 취향 역시 마음의 나이에 따라 선택하고 장소와 대인관계 그리고 역할까지 그 나이에 맞는 것을 찾게 된다. 그리하여 젊다고 느끼며 사는 사람들은 건강 상태는 물론 활동성, 경제력, 자기 긍정 능력도 뛰어나다.

그야말로 나이를 덜어낼수록 행복감과 활동성, 사회적 적응력이 매우 높다. 그러니 나이가 들어갈수록 나이를 덜어내며 살아 보는 것도 꽤 괜찮은 방법일 게다.

그리고 젊은이들 세상에 텀벙 빠져보는 것도 그리 나쁘지 않을 것이다. 예전 우리가 대학생일 때는 명동이 젊음의 거리였는데, 요즘은 대학로나 홍대 앞으로 나가 싱싱함을 맛보아도 좋을 것이다. 우리도 젊었을 적이 있었으니까. 그 시절 생각으로 즐겨 보자.

3. 뺄셈 나눌 셈 인생

✿

　　✎ 예전 부모들은 자식들이 공부를 안 하면, "공부해서 남 주냐, 너 잘 되라는 거지."라고 했다. 그러나 요즘엔 "배워서 남 주자, 많이 배워서 좋은 일 해라." 해야 한다.

　물론 모두가 그런 건 아니지만, 대개 사람들이 사회공동체 생활을 중요시한다는 게 사실이다.

　미국의 재벌들이 자기 전 재산을 사회에 환원한다는 뉴스를 접할 때엔 "뺄셈 인생'을 잘 살고 있구나.' 하는 생각이 든다.

　그리고 너무 복잡하게 살지 말자.

　단순하게 살면 삶이 가볍고 건강하며 즐겁다.

　단순함의 진리는 물질보다는 정신에서, 육체보다는 마음에서 찾을 수 있어 스트레스가 없어지고 표정도 편안해지고 피부도 깨끗해진다. 생명은 신이 주신 소중한 선물이다.

　인생을 가시밭길로 만들지 꽃길로 만들지는 욕망을 대하는 태도에 달려 있다.

　마음속 청소를 해서 모든 걸 내려놓고 비우며 살자.

　그리고 내가 가진 지식과 지혜와 물질을 남에게 나누어 주며 살자.

그것이 나눌 셈 인생이 아니겠는가?

그런 생각이 젊음을 가져온다.

뺄셈 인생이란 내가 좀 손해를 보더라도 이웃에게 베풀며 살고 어리숙하게 바보처럼 살자는 뜻이다.

좋은 사람이 되려면 넓은 마음가짐으로 세상을 바라보자.

바다처럼 넓은 세상을 보라.

태양이 뜨고 지는 것처럼 우주의 질서 속에서 태연해지자.

또 고통의 감정과 불쾌한 기억이 가득 차면 활력이 없어질 수밖에 없으니 과거의 나쁜 일은 지워버리자.

이렇게 마음속 먼지를 털어내면 정신이 맑아지고 사물이 더욱 분명해지고 고민이 사라진다.

불필요한 기억은 버리고 공간이 넓혀지면 그 안에 기쁨과 만족한 행복이 자리 잡게 될 것이다.

그러면 이웃에 관심을 갖게 되고 돕고 싶은 마음이 생길 것이고, 희생과 봉사 정신이 손해가 아니고 행복의 지름길이라는 것을 알게 될 것이다.

4. 인연의 샘

✏️ 하루는 아침 일찍 전화가 왔다. 어제 내가 택배로 보낸 책 『멋지게 나이 들자』를 잘 받았노라면서 그냥 한번 훑어만 보려는데 재미있어서 많이 읽었다고 했다.

원래 그 친구, 책을 잘 안 읽는데 이번에 내 책을 읽어 주었다니 고맙다. 이 친구만 만나면 땅속 깊이 고여있는 샘에서 물을 퍼 올려 마신 듯 갈증이 해갈된다.

샘물 같은 친구, 얘기가 시작되면 실타래처럼 계속 풀려 나온다. 고교 시절 만났는데 돈키호테 같고 제임스 딘 같고 형광등을 닮은 친구였다.

물론 연인 같은 친구로 학생 시절 만나 60여 년이 흘렀기에 아직도 둘이 만나면 너나 하면서 반말을 사용한다.

"너, 글 잘 쓰는구나."

"너는 말 잘하는 게 취미지만, 나는 글 쓰는 게 취미잖아."

"그런가?" 웃으면서

"그런데 너 한쪽 눈으로만 보는구나!"

"왜, 뭐가 잘못됐어?"

"'멋지게 나이 들자'가 아니고 '멋지게 젊어져 어린이가 되자.' 해야지. 크크"

"그래서 너 만나고 와서 바로 '나이 계산법'을 썼지."

양구 내 친구는 내가 글 쓰는 데 도움을 주는 샘물 같은 역할을 해 준다. 여태까지 출간한 책에 이 친구 얘기가 안 들어간 적이 없다. 그만큼 내 정신세계에 큰 비중을 차지한다.

"너는 나한테 샘물 같은 존재야." 했더니

"거짓말이라도 기분은 좋다."

"아니야 나는 거짓말 못 해. 진실만을 말하고 사실만을 쓴다고. 나한테 너는 소중한 존재야." 전화 속에서 같이 웃었다.

그렇다. 나이가 들면 어린아이와 같이 된다는 말이 있다.

육체가 약해져 어린애가 되고 정신도 흐려져 어린애가 된다.

누군가에게 어리광을 부리고 싶어질 때도 있을 것이다.

그럴 즈음 정신을 바짝 차리고 젊은이들과 어울리며 젊은 생각으로 살아가자.

5. 비닐하우스에 추억을 묻고

양구 내 친구는 10년 가까이 마누라와 농사짓고 살던 산골 집을 떠나게 되었다. 마누라가 중병이 들자 치유 목적으로 강원도 산속 마을에 컨테이너 집을 세우고 토방을 하나 꾸며 여름엔 시원하게 겨울엔 따듯하게 지냈다.

그런데 몇 해 전 마누라를 하늘로 보내고 혼자 살더니 그 별장 같은 산속 집을 자식들이 어떻게 잘못해서인지 올해 들어 남의 손으로 넘어가게 되었단다. 그래서 멀지 않은 곳에 지인의 배려로 농막 자리를 얻어 이사하게 되었다.

그 사연을 들으니 오래 전 부인을 떠나보내고 쓴 도종환 시인의 「옥수수밭 옆에 당신을 묻고」가 생각이 났다.

사모님 살아생전에 여름철 놀러 가면 하늘로 치솟은 옥수수 그늘에서 그 수염을 뽑고 비닐하우스에서 토마토와 오이, 고추, 호박, 상추를 따서 야외소풍 온 기분으로 점심을 끓여 먹던 시간이 이제는 추억이 되었다.

또 저녁을 먹고 나서 친구 부부와 수은등이 켜진 뜨락에 앉아 차를 마시며 노천카페의 맛을 즐기던 기억이 새록새록하다.

여름 하늘에 반짝이는 별빛이 쏟아지는 산속 마을 풍경이다.

특히 내가 그의 산골 집에서 잊을 수 없던 것은 마당의 구석에 놓여 있던 흔들 그네 의자였다.

석양에 그네를 타고 앉아 발을 굴러 흔들고 있으면 건너편 산 절벽에 부딪혀 달려오는 바람 소리가 귓속에 휘파람 소리가 되어 흩어졌다. 맞은편 바위에는 지는 노을이 반사되어 아름다운 빛을 만들고, 은은하게 속삭이는 밤 분위기는 나의 저녁 시간을 황홀하게 만들어 주었다.

이제는 남의 집이 되어버렸을 그 산속 집 그네 의자가 가끔 그리워진다.

프랑스의 여성 철학자 시몬 드 보부아르(제2의 성의 작가)가 실존주의 철학의 대가 장 폴 사르트르(구토의 작가)와 계약 결혼을 하고 사르트르를 향해 평생을 소유하기 위해 소유하지 않을 거라고 한 것처럼 나 역시 양구 친구를 일생 나의 남자친구로 지내기 위해 소유하지 않으리라.

6. 나잇값

  ✍ 노인은 무엇으로 사는가?

과거의 노인들은 '나잇값'으로 살았다. 살아온 세월과 경험과 습관에서 정금같이 얻어낸 지혜로 세상을 살아 내었다. 그리고 세상의 지식과 경험을 젊은 세대들에게 전달하였다. 그리하여 세월과 지혜가 응축된 한마디를 듣고자 젊은이들은 귀를 기울이고 그 세월과 나이를 존경했다.

그러나 지금 노년의 나잇값은 헐값이 되었다.

그나마 팔려 나가지도 않는다. 시장바닥에서 해 질 녘에 떨이로 외쳐대던 야채 장사에 비교될 만큼 허탈할 정도이다.

긴 세월의 값을 건져내기는커녕 낮고 뒤처져 있음에 무슨 죄라도 지은 것처럼 고개 숙이고 숨어 지내는 시대가 되었다.

역사상 가장 서운한 노년 시대를 살고 있다.

세상이 참 많이 변했다. 사람들 의식이 발전되었다고나 할까?

내가 학창시절엔 60~70대 노인들을 부담스럽게 바라보았는데, 이제 내가 그 나이를 넘어 고려장 나이, 당장 죽어도 괜찮을 나이가 되었다.

거울 속에 비친 주름과 잡티가 여기저기 나 있고, 회색빛 머리카락이 흘러내려 위로 올리려는 손등은 울퉁불퉁 힘줄이 튕겨 나와 주름져 있다.

오랜만에 만난 남자친구 모습을 보면서 저 할아버지가 옛날 내 친구가 맞나? 하다가 거울 속에 흉한 모습으로 변해 있던 내 모습을 떠올리며 서글퍼하기도 했다.

그러나 '나이는 숫자에 불과하다!'를 외치며 학구열을 갖고 배우며 늙어도 꿈을 가져보자. 그리고 주변 사람들한테 귀감이 되어 존경받는 사람, 멘토 역할을 해서 나잇값을 하자.

또 정신 차리고 치매 예방도 하고 아침저녁으로 근육 운동을 해서 체력 단련도 하고 자신에게 맞는 음식을 찾아 식이요법으로 건강을 지켜야 한다. 특히 두뇌운동을 열심히 해야 한다.

그리하여 하늘로 갈 때까지 건강하게 살다가 어느 날 갑자기 여행 가듯이 홀가분하게 손 흔들며 '안녕!' 하고 떠나자!

영화) 「벤자민 버튼의 시간은 거꾸로 간다」

1차 세계대전 말 미국 뉴올리언즈에 80세 외모의 사내아이가 태어났다. 그의 이름은 벤자민 버튼, 부모에게 버려져 양로원에서 자라는데 그는 시간이 지날수록 젊어진다.

12살이 되어 60대 부모를 갖게 되는데 그때 6살 소녀 데이지를 만나 그녀의 푸른 눈동자에 빠져 사랑을 한다. 드디어 그는 청년이 되어 세상으로 나가서 숙녀가 된 데이지와 비로소 연애하게 된다.

그런데 벤자민은 날마다 젊어지고 데이지는 점점 늙어간다. 같은 공간 같은 세상에서 살아가지만, 홀로만 다른 세상을 사는 벤자민, 남들과는 시간이 거꾸로 흘러갈 뿐 결코 삶은 다르지 않았다.

시간이 흘러 노인이 된 벤자민, 그의 모습은 어린아이가 되었다. 그러나 여느 노인들처럼 치매에 걸려 "한평생 잘 살았다."라면서 태어날 때의 그 노인의 모습이 노년기에서 중장년기로 또 청년기에서 청소년기를 지나며 점점 젊어지더니 죽을 때는 갓 태어난 아기의 모습으로 생을 마감한다.

그것도 할머니가 된 데이지의 품속에서 세상을 떠난다.

우리 인생도 나이 들면 어린아이같이 되고 죽을 땐 갓난아이로 죽는 게 아닐까 생각해본다.

제2장

회춘(回春) 일기

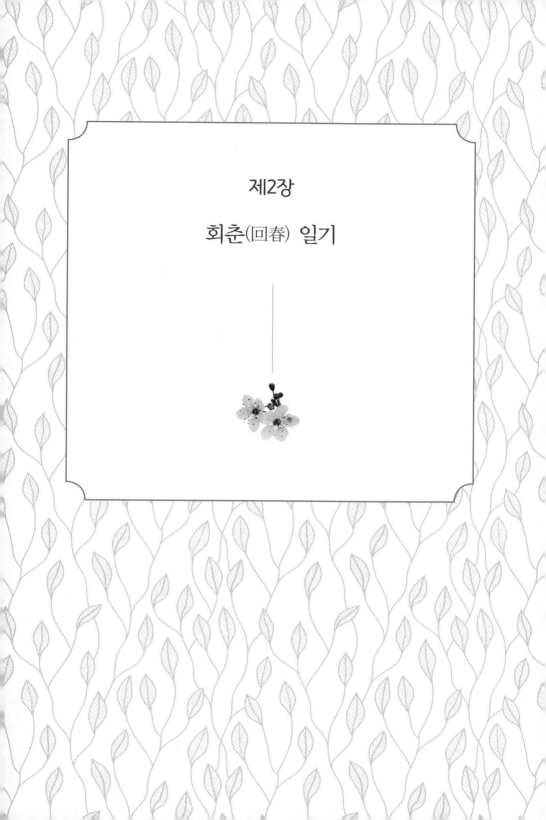

1. '감사' 보약, '사랑' 비상약

　　🖋 언젠가 모임 카톡에 한 의사의 유언 내용이 공개되었다. 그 의사는 환자의 얼굴과 걸음걸이만 봐도 어디가 아픈지 알아내어 처방하는 유명한 의사였다.

　그리고 동네의 어려운 사람들을 무료 진료해 주는 맘씨 좋은 명의였다. 그러나 그도 나이가 들어 세상을 떠나게 되었다.

　마을 사람들과 교회 목사님이 아쉬워하면서 임종을 앞둔 의사를 찾아가 마지막 시간을 함께하였다. 그때 죽음을 앞둔 의사가 말했다.

　"나보다 훨씬 훌륭한 세 의사를 소개하겠습니다. 그 의사 이름은 음식과 수면과 운동입니다. 음식은 위의 75%만 채우고 절대 과식하지 마십시오. 잠은 밤 12시 이전에 자고 해 뜨면 일어나십시오. 그리고 열심히 걸으면 웬만한 병은 나을 수 있습니다. 그런데 음식과 수면은 웃음과 사랑과 함께 복용하면 더 효과적입니다. 육체만 건강한 것은 반쪽 건강입니다. 영혼과 육체가 고루 건강한 사람이 되십시오. 특히 사랑 약은 비상약이니 수시로 복용하십시오."

　의사는 자신이 살면서 깨달은 중요한 것을 남은 사람들에게 알려 준 후 평안한 모습으로 눈을 감았다.

내가 80 평생 살면서 느낀 것을 이 명의가 유언으로 남기고 갔다. 내 건강 철학은 잘 먹고 잘 싸고 잘 자는 것이다.

그리고 거기에 감사와 사랑을 더하기하는 삶을 살려고 노력하고 있다. 내게 '감사'는 보약이다.

그런데 나도 과식은 피하지만, 위의 80% 정도는 먹고 밤에 잠은 10~11시엔 잔다. 운동은 자기 체력과 체질에 맞는 운동을 선택해서 하고 걷기 운동은 필수라 매일 걷는다.

물론 정신과 육체 운동을 같이 하며 영혼도 건강하게 하려고 신앙 생활을 열심히 하고 있다.

2. 내 몸의 활동 설명서

✿

✒ 하루는 나의 말과 행동에 언제나 공감해 주고 격려해 주며 기분 좋게 해 주는 나의 절친에게 코로나 속에서 건강 지키는 법을 말했더니 신선하다며 사람들은 그런 얘기를 듣고 싶어한다고 자세하게 구체적으로 책에다 써 보라는 것이었다.

그리하여 건강을 위한 내 몸의 활동 내역을 적어 보게 되었다. 우선 나의 일과를 소개하며 그 방법을 설명하기로 한다.

1) 새벽 기상 스트레칭

지금은 여름철이라 새벽 4시에 일어나지만, 겨울엔 5시 넘어서 일어난다. 눈을 뜨면 간단한 스트레칭을 하고 새벽 운동을 나간다. 여기에 나의 스트레칭 순서와 방법을 소개한다.

아침에 눈을 뜨면 누운 채로 발끝을 쭉 뻗고 양발을 폈다 오므렸다 하며 몸 전체를 씰룩씰룩 움직여 등골을 펴준다. 20~30회 한 후, 두 발을 부딪는 동작도 20~30회 하고 다리를 번갈아 번쩍번쩍 들어 올려주는 자세를 20회 정도 해 준다.

그리고 나서 누운 채로 두발을 엉덩이 밑으로 밀어 넣고 머리는 팔베개를 해서 아랫배를 들었다 놓았다 하며 마치 개구리 자세 같은 운동(허리 디스크 협착증에 효과)을 40회 이상 하고 나서 다리를 앞으로 오므려 두 팔로 부여잡고 구르기 운동을 10회 한다. 또 무릎을 세워 오른쪽 왼쪽 바닥에 번갈아 눕히기 운동 20회를 하고 다리에 탄력을 주어 가뿐히 일어난다. 그리고 침대에 걸터앉아 감사기도를 드린다.

† 다시 새날을 허락하시고 살아나게 해 주신 하나님, 나의 존재 자체를 감사합니다.
† 눈을 떠서 보게 하시고 귀를 열어 듣게 하시고 입을 열어 말하게 하시니 감사합니다.
† 무엇보다 걷게 해 주시니 감사합니다. (보지 못하는 사람, 듣지 못하는 사람, 말 못하는 사람이 얼마나 많은데 이렇게 멀쩡하게 살게 해주심에 대한 감사)

그리고 두 손을 엮어 가슴에 대고 "나는 건강하고 행복하다."를 세 번 외친다. 삶에서 가장 큰 재산은 건강이다.
건강해야 행복하고 행복하면 자식들이 편하게 지내게 된다.

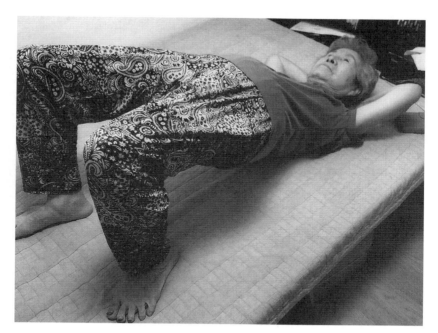

💬 개구리 자세 운동

2) 내 머리는 백만 불짜리

침대 위 스트레칭과 기도가 끝나면 물 한 컵을 마시고 화장실로 가서 거울 앞에 선다.

거울을 보고 손바닥을 뒤집어 양 주먹을 살짝 쥐고 팔꿈치를 허리에 붙여 양쪽으로 벌었다 오므렸다 하며 40회 한다.

그리고 안면운동을 한다.

한쪽 눈꼬리를 치켜세우고 반대쪽으로 혀를 내밀어 20~30회 번갈아 해서 얼굴 근육을 펴주는 것인데, 눈 밑에 부어오르는 군살과 눈가 잔주름 예방에 도움을 준다.

그리고 목을 좌우로 8회, 목 돌리기를 8회 해서 목을 풀어 준 다음 머리를 손끝으로 두드려 주면서 소리 내어 칭찬해 준다.

"내 머리는 백만 불짜리다. 머릿속이나 머리카락이 모두 백만 불짜리다. 두뇌의 기억력, 사고력, 창조력이 백만 불짜리. 머리카락은 색깔이, 머리숱이, 머릿결이 모두 백만 불짜리다."를 매일 아침 골고루 두드리며 소리 내어 세 차례 되풀이해서 칭찬해 준다.

그리고 다음엔 몸 전체를 2, 3번 골고루 두드려 주는데 배를 두드릴 때는 괄약근 운동도 하며 20회 정도 두드려 준다.

온몸 두드리기가 끝나면 이어서 허리를 앞으로 숙였다가 뒤로 젖히기 운동을 8회 한다.

3) 식염수로 콧속 청소

스트레칭이 끝나면 양치질을 하는데 칫솔로 이를 닦은 후에 식염수로 콧속 청소를 한다. 컵에 식염수를 약간 담아 한쪽 코를 막고 다른 코로 들이마시며 양쪽 코를 2회씩 한다. 양쪽을 하면서 식염수가 목구멍으로 약간은 넘어가고 대부분은 입안에 괴인다. 그때 코 양쪽을 번갈아 풀어주고 입안에 남은 식염수를 뱉어내면 입안이 개운해진다.

우리처럼 나이가 들면 가래가 생겨 목구멍이 불편해지는데, 그것을 예방하는 것이다. 저녁 이 닦을 때도 동일하게 해 준다.

그리고 세수를 할 때는 60초 세안을 한다. 나의 경우 약초 세숫비누를 사용하는데, 보통 아이보리같이 피부에 자극을 주지 않는 비누라면 어떤 걸 사용해도 괜찮을 것이다.

언젠가 방송에서 60초 세안법을 소개할 때 듣고 실천했더니 얼굴에 나던 잡티가 스며드는 것 같았다.

그렇게 세수가 끝나면 깨끗한 찬물을 받아서 눈알을 씻는다.

얼굴을 물속에 잠수해서 눈을 깜빡깜빡 떴다 감았다 하고 눈 회전을 하면서 하루에 두 번 20회 정도 눈알 청소를 해 준다.

그럼 눈 속이 깨끗해져 개운하다. 그리고 역시 "눈아 안녕 고맙다, 오늘도 수고해다오." 저녁에는 "눈아, 오늘도 수고 많았다! 고맙다." 칭찬해 준다.

그 후에 운동기구가 있는 당현천(우리 동네 개울)으로 나간다.

우리 집에서 왕복 40분 거리인데 오며 가며 "예수 내 주 기뻐 감사 자연 치유 믿습니다."

기도 말을 중얼거리며 걸어가고 걸어온다.

(봄가을엔 저녁 4~5시경, 겨울철엔 점심식사 후 운동하러 나간다.)

운동기구 있는 곳에 도착하면 자전거 타기, 파도타기, 팔다리 근육 운동, 몸 회전운동 등 20분 남짓하고 돌아온다.

그때도 주변 경치를 둘러보고 기도 말을 중얼거리며 걷는다.

3. 내 몸을 칭찬한다

✎ "칭찬은 고래도 춤추게 한다."는 말이 있다.

내 몸에도 위로와 칭찬의 말을 해 주자. 80년 넘게 사용한 기계가 여기저기 고장 나는 것은 당연하다 여기고 몸의 각 부분을 구체적으로 위로해 주고 칭찬해 준다.

1) 샤워는 더운물로만

나는 샤워를 할 때 몸을 닦으며, "오늘도 오장육부야 수고해다오(아침). 내 몸아 오늘도 수고했다(저녁). 오늘도 소화 잘 시켜 주어 고맙고, 팔과 손아 늘 수고해 주어 고맙다." 다리를 닦으면서도 "다리야 잘 걸어 줘서 고맙고 수고했다." 그리고 두 발을 번갈아 마사지하듯 닦으며, "오늘도 수고가 많았다. 고맙다." 소리를 내어 진정으로 위로와 감사의 말을 해준다.

또 몸을 씻을 때는 바디샴푸를 쓰지 않고 아기들 씻겨주는 아이보리 세숫비누로 중요 부분만 닦아준다. 바디샴푸는 1주일에 1회만 사용한다. 웬만한 땀은 더운물만으로도 다 닦여나간다고 한다. 나이 들어서는 몸에 기름기가 없고 수분 함량이 낮아 화학 비누를 많이 사용하면 몸이 건조해 가려워진다.

그런 것이 노인들이 등을 긁는 원인이다.

2) 우아하고 아름답다 말해

"아, 내 머리는 백만 불짜리 머릿속 두뇌나 머리카락이 백만 불짜리 두뇌 속의 기억력, 사고력, 창조력이 백만 불짜리 머리카락의 색깔이, 머리숱이, 머릿결이 모두 백만 불짜리."

매일 샤워하면서 머리를 두드리며 소리 내어 칭찬해 준다.

머리 샴푸는 콩알만큼 짜서 골고루 문질러 두피 마사지를 60초 한 후에 깨끗한 물로 헹군다. 린스는 쓰지 않고 트리트먼트 약간을 머리카락 겉에 바르는데 이때도 60초 바르고 헹굴 때는 씻어낸다. 미용실에서 권하는 영양제는 덜 씻어내어 영양제 여운이 남게 깨끗이 한다는데 우린 일반적인 제품을 사용하니까 깨끗이 씻어내는 게 좋다.

나는 한 주일에 하루는 영양제 트리트먼트 대신 식초 물에 머리를 헹군다.

깨끗한 물에 식초 서너 방울을 떨어뜨려 20초가량 머리카락을 골고루 씻어준다. 알칼리성을 산성으로 변화시켜 준다.

샤워를 마치고 얼굴에 스킨을 냉장고(여름철)에서 꺼내 바른 후 로션과 영양크림을 바른다.

그리고 거울을 보며 우아하고 아름답다 말해 준다.

다음엔 베이비오일을 손가락 끝에 묻혀 머리카락 사이로 두피 군데 군데를 문질러 마사지해 주고 약간은 몸 전체에 골고루 발라 준다. 그 럼 머리카락이 윤이 나고 피부도 촉촉해진다.

그리고 바디로션을 엄지발가락과 뒤꿈치에 꼭 발라주고, 발바닥을 손가락으로 길게 눌러가며 마사지를 해주고, 발목과 무릎에 물파스를 바른다. 관절에 효과가 있다.

4. 경건의 시간

✍ 샤워가 모두 끝나면 경건의 시간을 갖는다.

코로나 시절 이전에는 새벽기도를 교회로 다녔는데, 지금은 기독교 방송을 통해 드리거나 유튜브로 예배를 드리고 성경을 읽고 기도 시간을 갖는다.

† 이 백성의 죄악을 용서하시고 불쌍히 여기사 코로나 확진자가 줄어 마스크를 쓰고서라도 일상을 살게 해 주세요. 아니, 새해에는 마스크를 벗고 살게 해 주세요.

† 우리나라가 자유 민주공화국으로 언제까지나 존립하게 해주세요. 그리하여 공정과 상식이 통하는 사회, 정직한 사람이 잘사는 나라를 만들 수 있는 지도자를 세워 주세요.

† 부동산 정책이 잘 되어 누구나 내 집에서 살 수 있게 해주세요.

† 끝으로 우리 가족(아들, 손자, 손녀, 며느리)을 위해 기도한다.

경건의 시간이 끝나면 7시 반경이 되는데 이때 계란 1개와 브로콜리 조금을 삶으면서 소화를 돕는 유산균 가루 1봉을 먹고 감자 1개를 전자레인지에 찐다. 그리고 양배추와 사과를 비롯해 과일 야채로 내가 직접 담근 물김치에 오렌지 주스를 섞어 마시며, (겨울엔 두유) 삶은 계란 1개와 찐 감자 1개를 먹는다.

나의 식단에서 물김치를 우유로 바꾸면 올해로 102세 되신 김형석 교수와 동일한 식단이다. 그러고 보니 아침식사가 장수 노인들의 건강을 좌우하는 게 아닌가 하는 생각이 든다.

† 식사기도

　일용할 양식 주셔서 감사합니다. 이 음식 먹고 힘을 얻고 소화가

　잘 되게 해주세요. 또 인류의 죄악을 용서하시고 아프리카를 비

　롯해 지구상에 굶는 사람이 없게 해 주세요. (아멘)

보통 아침식사를 하면서 TV로 뉴스를 본다.

그리고 식사가 끝나고 8시 반경에는 KBS 「아침마당」 프로를 시청하는데, 주로 서서 본다. 제자리걸음을 하든가 발뒤꿈치 들기, 목침 놓고 계단 오르내리기 등 가벼운 운동을 하며 본다.

TV를 시청할 때엔 개인 의자가 좋다. 엉덩이를 뒤로 밀고 등을 꼿꼿이 세우고 앉아 보면서 가끔 허리 운동을 해 준다. 또 화장대 의자를 당겨 두 다리를 얹어놓고 발 부딪히기를 한다.

5. 거실에서 펭귄 춤을

꿀 아침 뉴스 시간이 끝나면 10시 남짓, 연하게 커피를 타서 마시며 창밖의 파란 하늘 감상을 잠시하고 커피 타임이 끝나면 책을 읽든 글을 쓰든 내 시간을 갖는다.

아침나절 2시간여를 공부하는데, 1시간쯤 지나 간식으로 쥐눈이콩으로 만든 청국장 가루를 야쿠르트에 타서 마시고, 또 1시간 후 잠깐 쉬는 시간에는 TV를 보는데 주로 여행 이야기나 노래하는 프로 재방송을 본다.

그러면서 그때 몸을 풀기 위해 목침 높이의 잡지를 쌓아 놓고 계단 오르기 운동을 10~20분 정도 한다.

그리고 잠시 숨을 돌리고 펭귄 춤을 10~20분가량 춘다.

양발을 팔자로 벌리고 무릎을 구부렸다 폈다 하면서 손바닥은 쫙 펴서 손목을 꺾고 양팔을 올렸다 내렸다 하는 운동이다.

언젠가 방송에서 골다공증 예방에 좋다는 운동으로 의사가 직접 시범을 보여 주었다. 내가 왼쪽 발목이 관절로 불편했는데, 따라 해 봤더니 발목 통증에 도움이 되었다.

보통 낮 1시가 되면 점심식사를 한다.

점심식사는 잡곡밥을 먹는데 주로 생선 종류를 구워 먹든가 쪄 먹는다. 어떤 때는 멸치 한 움큼을 전자레인지에 살짝 돌려서 쌈장에 찍어 먹기도 한다. 나는 육류보다 해산물을 좋아한다.

그밖에 며칠에 한 번 소고기 소금구이를 해먹으며 부족한 단백질을 보충하고 또 보랏빛 채소가 우리 몸의 콜레스테롤 수치를 떨어뜨리고 항균작용에 좋다고 해서 가지나물도 가끔 해 먹고 있다. 후식으로는 요거트나 과일을 조금 먹는다.

그런데 나는 세 끼 식사를 과식하지 않으려고 노력한다.

느낌에 배가 부르다 싶으면 미련 없이 수저를 놓는다. 먹다 남은 게 있으면 다시 끓여 두었다가 나중에 먹는다.

점심식사 후에도 TV를 잠시 보는데, 여전히 서서 움직이며 본다. 제자리걸음, 발뒤꿈치 들기, 허리 굽혀 펴기를 5~6분씩 하고 틈틈이 펭귄 춤을 춘다. 코로나 시절 집에서 TV 시청을 오래 하게 되는데, 계속 앉아서 보게 되면 건강에 안 좋으니 거실에서도 운동해야 한다.

오후 늦게 견과류와 차 종류를 마시고 4시 전후해서 당현천으로 운동을 나간다. 오고 가는 길 40분을 주변의 풍경도 감상하며 기도하든가 노래를 부르면서 걷는다.

그리고 운동을 다녀와서는 산양유 단백질 가루 한 숟갈을 연한 유자차에 타서 마신다. 그때 칼슘 한 알을 함께 먹는다.

저녁식사는 곰탕국물이나 멸칫국물에 떡국을 끓여 먹는다.

어쩌다 모임에 나가 점심을 과식한 경우엔 두유 한 컵으로 저녁밥을
대신하기도 한다.

💬 펭귄 춤

6. 일상(日常)의 감사와 행복

✎ 코로나 시절 3년을 집콕 하면서도 내가 즐겁게 보낼 수 있었던 것은 하루 3~4시간의 독서와 글쓰기 시간을 가졌기 때문이었다. 오전 오후 2시간씩은 나의 공부시간이다.

동네 도서관에서 책을 대출해 와서 읽는데, 책을 읽으며 내게 필요한 내용은 메모하면서 생각 공부를 한다.

중간에 잠시 쉴 때는 차를 마시며 간식으로 견과류나 찐 고구마를 먹는다.

그때는 창밖의 하늘을 내다보면서 느긋하게 계절을 즐기며 머리를 식힌다. 동시에 눈 건강을 살피게 되어 좋다.

가끔 무료하거나 심심할 때는 책을 눈으로만 읽지 않고 옆에 사람이 있는 것처럼 입으로 소리 내어 읽는다. 난 아침 경건의 시간 성경을 읽을 때도 소리 내어 읽는다.

저녁 시간엔 운동 다녀오면서 동네 마트를 들려 생필품을 사오는데 무거워서 당장 필요한 거 한두 개씩 사 온다.

저녁식사로는 여름철엔 메밀국수나 냉면을 먹고 날씨가 선선해지면 곰탕 국물에 떡국을 끓여 먹는다.

겨울엔 된장찌개와 김치찌개를 주로 해 먹는데, 고기 대신 멸치와 다시마로 국물을 만들어 끓여 먹는다.

계란은 사계절 관계없이 매일 1, 2개를 꼭 먹어 육식 안 먹어 부족한 단백질 영양소를 보충한다.

그리고 늘 일용할 양식을 주신 분께 감사한다.

나는 치료약을 복용하는 것은 없다. 다만 아침 식사 후 비타민C를 먹고 이어서 칼슘과 영양제를 먹고 있다.

성인병이 없으니 노인으로서의 기본건강 보조식품을 먹고 있을 뿐이다. 정말 감사한 일이다. 그래서 행복하다.

나는 화장실 변기에 앉아서도 '감사'를 말한다.

"소변 대변 잘 나오게 해 주셔서 감사해요. 이렇게 매일 잘 먹고 잘 싸게 해 주셔서 감사해요."

소변 안 나와 고생하고 변비로 고통받는 사람들이 많이 있을 텐데 대소변 잘 보는 게 얼마나 감사한 일인가!

또 밤에도 감사기도를 한다.

"불면증으로 고생하는 사람들이 많은데 잠 잘 자게 해주셔서 감사해요. 노년을 건강하게 생활하게 해 주셔 감사해요!"

밤에 잘 때는 다리 쪽을 높이고 잔다. 원기둥처럼 생긴 페트병이나 정육점에서 랩을 다 쓰고 버리는 딱딱한 종이 심을 이용해서 다리에 받치고 자면 평소에 다리 아픈 걸 모른다.

베개는 2개를 사용하는데 처음에는 메밀로 만든 팔뚝 크기의 작은 베개를 목에 딱 맞게 베고 똑바로 누워 잔다. 그때 키친타월을 얹어 자면 베갯잇을 자주 빨지 않아도 된다.

나이가 들면 2~3시간 간격으로 소변을 보러 일어나게 되는데 그때 화장실 다녀와서 누울 때는 약간 높은 베개를 베고 옆으로 누워 허리를 오므리고 잔다. 나는 고맙게도 눕기만 하면 잠이 드는데, 가끔 잠이 안 올 때는 누운 채로 괄약근 운동을 한다. 수를 세면서 거기에 집중하게 되면 잡념이 사라지고 잠시 후 잠에 빠지게 된다.

물론 나의 생활 방식이 완벽하다 생각하지는 않는다.

다만 늙어서 어떻게 살아야 건강하게 살 수 있을까? 특히 코로나 속에서 방황하는 노인들과 또 삶의 길을 묻는 중년에게 도움이 될까 해서 나의 '건강 백서'를 적어 보았다.

제3장

하하하 웃자

1. 하나님께 여쭙다

 한 남자가 하나님께 물었다.

"처녀들은 귀엽고 매력적인데 왜 마누라들은 늘 악마같이 화만 내고 잔소리가 그리도 많을까요?"

하나님이 하시는 말씀

"처녀들은 내가 만들었지만, 마누라는 네가 만들었잖아!"

2. 돈 잘 버는 의사

✐ 욕심 많은 의사가 기발한 아이디어를 생각해 내고 개업하는 날 병원 게시판에 "단돈 100만 원에 모든 병을 고쳐 드립니다. 만약 못 고치는 경우 위약금으로 1천만 원을 배상해 드립니다."라고 썼다.

이걸 본 엉큼한 한 남자가 한참 뭔가를 생각하다가 '1천만 원을 쉽게 벌겠구나.' 하며 병원 안으로 들어갔다.

이 엉큼한 자가 의사에게 "선생님 내가 맛을 잃은 지가 오래되었는데, 그날그날 살기 위해서 맛도 모르고 음식을 먹고 있는데 좀 고쳐 주십시오."

의사가 주사 한 방을 엉덩이에 콱 지르고는 간호사를 불러 "이 환자에게 22번 약을 두 방울 혀에 떨어뜨리세요." 간호사는 의사의 지시대로 입안에 약을 떨어뜨린다. 잠시 후 환자가 '웩웩' 구역질을 하며 "이거 휘발유잖아요?" 소리를 지른다.

의사가 허허 웃으며, "축하드립니다. 미각이 돌아왔으니 치료비 100만 원이 되겠습니다." 이 남자 꼼짝 못 하고 1백만 원을 내고 집에 와서 억울하고 괘씸한 생각에 참을 수가 없어 며칠 후 변장을 하고 다시

이 병원을 찾아갔다.

"선생님 제가 갑자기 기억력을 잃어버렸어요. 얼마 전부터 지나간 일은 아무것도 기어이 나지 않아요. 어쩌면 좋겠습니까? 고쳐 주십시오."

의사는 전과 같이 주사 한 방을 엉덩이에 콱 찌르고는 간호사를 불러 "이 환자에게 22번 약 세 방울을 혀에 떨어뜨리세요.", 그 말을 들은 엉큼한 환자가 갑자기 큰소리로 "22번 약이면 휘발유잖아요? 그것도 저번에는 두 방울이더니 이번에는 세 방울씩이나.", 의사 왈 "축하합니다. 기억력이 돌아왔네요. 치료비 1백만 원이 되겠습니다." 이 엉큼한 환자가 이를 갈며 치료비 1백만 원을 내었다.

생각할수록 화가 치밀어 며칠 후 그 병원을 또 찾아갔다.

"선생님 갑자기 시력이 약해지면서 모든 사물이 윤곽밖에 보이지 않습니다. 어쩌면 되겠습니까?"

"아, 참 안타깝지만, 저희 병원에서는 그 병을 고칠 약이 없어 고쳐 드릴 수가 없습니다. 그러니 위약금 1천만 원을 돌려 드리겠습니다."

이 엉큼한 환자, 얼씨구나 됐다 쾌재를 부르면서 이제 1천만 원을 벌었구나 생각하고 있는데, 의사가 천 원짜리 지폐 한 장을 내밀었다.

"잠시만요, 이건 천 원짜리 지폐잖아요?"

그때 의사가 "예 그렇습니다." 하고 웃으며, "축하합니다. 눈이 1천 원짜리 지폐를 식별하는 시력으로 돌아왔으니 치료비 100만 원이 되겠습니다." 그야말로 뛰는 놈 위에 나는 놈 있다는 말이 실감이 난다.

웃음은 만병통치약이고 우주적인 약이다.

3. 신혼부부 싸움

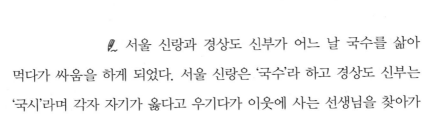

    🖋 서울 신랑과 경상도 신부가 어느 날 국수를 삶아 먹다가 싸움을 하게 되었다. 서울 신랑은 '국수'라 하고 경상도 신부는 '국시'라며 각자 자기가 옳다고 우기다가 이웃에 사는 선생님을 찾아가서 물어보기로 했다.

"선생님, 국수와 국시가 다른가요?"

"네 다르지요. 국수는 '밀가루'로 만든 것이고 국시는 '밀가리'로 만든 것이지요."

"그럼 밀가루와 밀가리는 어떤 차이가 있나요?"

"네 밀가루는 '봉지'에 담은 것이고 밀가리는 '봉다리'에 담은 것이지요."

"봉지와 봉다리는 어떻게 다른가요?"

"네 봉지는 '가게'에서 팔고 봉다리는 '점방'에서 팔지요."

"그럼 가게와 점방은 어떻게 다른가요?"

"가게에는 '아주머니'가 있고 점방에는 '아지메'가 있지요."

"아주머니와 아지메는 어떻게 다른가요?"

"아주머니는 '아기'를 업고 있고 아지메는 '얼라'를 업고 있지요."

"그럼 아기와 얼라는 어떻게 다른가요?"

"네 아기는 누워 자고 얼라는 디비 잡니다. 하하."

하하 웃자!

4. 소크라테스

     🖋 소크라테스의 아내 크산더페는 악처로 유명하다.

그녀는 항상 말이 많고 심술이 고약해 남편을 못살게 굴었다.

어느 날 어떤 사람이 물었다.

"어쩌다 저런 부인과 결혼을 했나요?"

"말 타는 기술을 익히려면 사나운 말을 골라서 타지요. 사나운 말을 다룰 줄 알게 되면 어떤 말이든 다루기 쉬운 일이거든요. 내가 이 여자를 견뎌만 낼 수 있다면 천하에 상대하기 어려운 사람이란 없을 게 아닙니까!"

"쉴 새 없이 떠들어대는 부인의 투정을 어떻게 참아내나요?"

"물레방아 돌아가는 소리도 귀에 익으면 들을 만합니다."

하루는 그의 아내가 욕설을 퍼부은 후에 소크라테스의 머리 위에 물을 뒤집어씌우자 태연히 말했다.

"천둥이 친 다음에는 큰비가 쏟아지기 마련이지."

어느 날엔 젊은이들이 결혼해야 옳은지 말아야 할지 물었더니 "결혼을 하시오. 좋은 아내를 만나면 행복할 것이오. 나쁜 아내를 얻으면 철학자가 될 것이니까."

5. 착각은 자유

    ✎ 어느 날 치과에서 차례를 기다리며 앉아 있던 여인이 벽에 걸려 있는 치과대학 졸업장 패에 적혀 있는 이름을 보고 그 의사 이름이 낯설지가 않아 갑자기 40여 년 전 고교 시절 생각이 났다. 당시 우리 반 친구 이름과 같네. 키 크고 멋지고 잘 생긴 소년이었는데, 그래서 내가 좋아했었는데.

혹시 그 친구인가? 그때 불러서 들어가 의사를 본 순간 그 생각이 사라져버렸다. 대머리와 회색 머리에 주름살이 깊게 나 있는 이 사람이 내 동창이라기엔 너무 늙어 보였다.

검진이 끝난 후에

"혹시 ○○고교에 다니지 않았나요?"

"네, 다녔습니다. 그땐 참 재미있었지요. 우쭐대며 다녔지요."

치과 의사가 활짝 웃었다.

"몇 년도 졸업인가요?"

"19○○년인데 왜 그러시죠?"

"그럼 우리 반이었네."

맞장구를 치자, 그 대머리 치과의사는

"생각이 잘 안 나는데 혹시 무슨 과목을 가르치셨나요?"

같은 또래를 쳐다보면서 난 저렇게 늙지 않았겠지!

우리는 착각 속에 산다. 자신은 안 보고 상대방만 본다.

6. 찰리 채플린

✿

✎ 세계적인 희극 배우 채플린은 내가 학창시절 영화 「모던 타임스」를 통해 익히 알고 있었지만, 최근에 그의 일대기를 읽고 웃음 속에 숨겨진 슬픔을 느끼게 되었다.

그래도 나는 「모던 타임스」에서 판토마임 연기하는 채플린이 좋았다. 무언의 광대극이지만 많은 내용을 포함하고 있었다.

큰아들 어려서 잠자리 깔아놓고 로봇 춤을 추며 엄마와 동생을 웃기던 기억이 난다. 꼭 채플린 흉내를 내는 거 같아 한참을 크게 웃었던 것 같았다.

어른 되어서도 그런 광대 놀이 유머가 살아났으면 좋겠다.

"나는 연기를 배워서 잘할 수 있다는 말은 믿지 않는다. 오히려 똑똑한 사람이 연기를 못하고 아둔한 사람이 연기를 잘하는 것을 많이 보았다. 연기는 본질적으로 머리로 하는 것이 아니라 가슴으로 하는 것이다." 그러면서 채플린은 말했다.

"행복하기 때문에 웃는 게 아니라 웃기 때문에 행복해진다."

그렇다. 유머와 웃음은 우리의 건강에 큰 도움을 준다.

유머 감각을 키우는 방법은 먼저 웃는 것이다.

내가 세상을 향해 웃으면 세상도 나를 향해 웃는다.

내가 세상을 향해 찡그리면 세상도 나를 향해 찡그린다.

마치 거울과 같다. 하루 한 번 거울을 보고 웃는 연습을 하자.

❖ 채플린의 명언- 88세에 세상을 떠나면서 남긴 말 ❖

1) 세상에 영원한 것은 없다. 우리의 모든 문제도.

2) 난 빗속을 걷는 것을 좋아한다.

   아무도 내 눈물을 볼 수 없기 때문이다.

3) 우리 삶에서 가장 의미 없는 날은 웃지 않는

   날들이다.

4) 세상에서 가장 훌륭한 의사(名医)로는

   (1) 태양 (2) 휴식 (3) 운동 (4) 다이어트

   (5) 자존감 (6) 친구 6가지를 말했다.

또 웃음은 우리 몸속의 조깅입니다.

그러니 이 모든 것들과 함께 당신의 삶을 즐기세요.

삶은 여행이니 오늘을 충실히 사십시오.

내일은 안 올지 모르니까 매일 행복하게 사십시오.

비 온 뒤 수락산

하루걸러 오는 산이지만

오늘은 더욱 매력적이다

장마 끝이라 계곡 물소리 풍성해서

귀가 행복해한다

비 온 뒤 수락산은

마치 오케스트라 연주하는

야외 음악당 같다

콸콸 흐르는 계곡 물이 피아노 연주하면

소리도 예쁜 산새들은

오보에와 클라리넷 음을 내고

제각기 장기 자랑하듯 코러스로 노래를 부른다

그래서 나는 비 온 뒤 수락산을 좋아한다

능선에 올라 양쪽에 늘어서 있는

소나무와 상수리나무 그늘에

얌전히 앉아 있는 철쭉꽃이

이제는 초록색 잎새만 우거져

코발트색 하늘 올려다보며

가을맞이 준비를 한다

비 온 뒤 수락산은 물소리가 아름답다

제4장

노년의 행복

1. 꼰대가 되지 말자

✿

✍ 야당 '국민의 힘' 대표에 36세의 젊은 청년이 선출 되었다. 40~50대 4선, 5선 국회의원 선배들을 제치고 0선의 청년이 102명의 야당 국회의원들을 이끌어 나갈 당 대표가 된 것이다. 노원 구에서 3번 출마했지만 낙선된 바가 있다.

10년 전 26세 최연소 한국당 당원으로 박근혜 대통령이 영입했었다. 그래도 박근혜 대통령 탄핵은 당연했다고 한 점은 나의 뜻과 같았다. 나도 박 대통령을 지지해서 한 표를 던졌지만, 탄핵에 찬성했기에 말이다.

보통의 젊은이들처럼 지하철과 자전거로 출퇴근하는 당 대표가 신선해 보였다. 앞으로 바빠지면 관용차를 타게 되겠지만.

이때 지방 시장으로 있는 선배가 응원하며 거들었다.

"꼰대 의원들, 청년 당 대표한테 간섭하지 말고 그냥 놔두라." 나 역시 농익은 할머니지만 꼰대 노릇은 하고 싶지 않다.

동네 영어반 친구, 아직 50대 중반으로 성당엘 다니는데, 어른 행세하려는 할머니들 때문에 늘 조심 긴장하며 지냈다고.

그런데 영어반 다니게 되어 너무 편하고 즐겁다고.

우리 영어반에서는 나이 든 사람이 젊은 사람을 섬기며 지내는 것이 자연스럽게 습관화되어 있다. 내가 회장으로 있는 한 그런 분위기가 계속될 것이다. 하긴 내 친구 중에도 여기저기 모임에 가서 섬김만 받으려는 태도를 보이는 이도 있다. 식탁에서도 가만히 앉아서 남들이 갖다 주는 것을 받기만 하며 어른 노릇을 한다.

  이런 모습에서 아랫사람에게 모범을 보이지 못하면 완전히 꼰대당으로 몰리게 된다. 모임에서 서로 어울릴 때 배려하는 마음으로 협동 정신을 발휘하여 모두가 즐거운 시간을 갖도록 하는 것이 중요하다.

  나이가 많아지면 "왕년에는 말이야." 의식을 버려야 한다. 60~70대가 지나면 젊은 시절 직책은 잊어버리고 현실에 충실하고 평등의식의 대인관계를 가져야 한다.

2. 존경 받는 노년

1) 나는 어떤 부모인가?

부자 부모들은 자식들에게 많은 유산을 남겨주어 존경받을까?

대개의 중산층 부모들도 자식들에게 집 마련해주고 자신들의 노후 자금 털어서 넘겨주면 존경받을 거라 생각하겠지. 물론 재산 상속해 주는 부모를 싫다 할 자식들이 어디 있겠는가?

(물론 재산을 남겨 주지 못하는 부모 입장의 변명일 수 있다.)

그러나 많은 재산을 받아도 부모가 중병이 들면 어쩔 것인가?

긴 병에 효자 없다는 말이 있듯이 아무리 부모라 해도 병 수발을 오래 하다 보면 자식들이 짜증이 날 수 있다. 그럴 경우 '재산 안 남겨도 좋으니 제발 건강해 주십시오.' 할 것이다.

그래서 나는 자식들 신경 안 쓰게 하려고 평소 건강관리에 힘쓰고 있다. 아침에 눈 뜨면 스트레칭과 기도로 시작하고 저녁나절에는 걷기운동과 동네 운동기구를 이용해 적당한 운동을 하고 있다. 내 나이

수준에 맞게 운동을 하며 근력을 키우고 되도록 영양을 따져 식습관을 실천하며 지내고 있다.

무얼 그렇게 유난스럽게 몸 관리를 하냐고 할지도 모른다. 그러나 건강관리 잘못해서 병이 나면 자식들 고생시키게 되니까 어디가 좀 이상하다 싶으면 속히 병원 가서 원인을 알아내고 치료를 받는다. 그리고 웬만한 일은 나 혼자 해결한다.

그리고 자식들에게 남겨줄 재산은 없지만, 평소 생활은 내 연금으로 살기에 자식들한테 손 벌릴 일은 없어 그나마 다행이다. 늙어서 생활비로 자식들에게 짐이 되지는 않으니까.

내 나이 또래 노인들 혼자 병원 못 다니고 바쁜 자식들 불러서 같이 병원 다니며 귀찮게 하는 거 보면 한심하다. 물론 중병일 때는 어쩔 수 없지만, 심지어 백신 주사 맞을 때도 멀쩡하게 걸어 다니는 사람이 부축을 받아 오는 걸 보면 참 자식들을 힘들게 하는구나 여겨진다. 어쨌든 병나지 않도록 힘쓰는 것이 자식 사랑하는 길이고 자식들은 그런 부모를 존경하지 않을까 생각한다.

2) 메르켈 총리

20년 가까이 능력과 수완 있게 헌신과 성실함으로 독일을 이끌었던 여성의 힘! 존경받는 독일의 여성 총리 메르켈!

위법 비리 없었고 자신보다 앞장섰던 정치인들과도 싸우지 않았다. 그녀는 어리석은 말을 하지 않았고 사진을 찍히려 하지 않았다.

'세계의 여인'으로 칭송받았고 그녀로 인해 독일 국민은 성숙해졌다. 18년 넘게 총리직에 있는 동안 새로운 패션 옷을 갈아입지 않았다. 하나님은 이 조용한 지도자와 함께 계셨다.

기자가 물었다.

"왜 항상 같은 옷만 입나요? 다른 옷은 없나요?"

"나는 모델이 아니라 공무원입니다."

"음식 준비하는 가사도우미는?"

"아니요, 저는 도우미 없이 남편과 함께 합니다."

"세탁은?"

"나는 옷을 손보고 남편이 세탁기를 돌립니다. 대부분 무료 전가가 있는 밤에 합니다. 우리 아파트엔 방음벽이 있어 이웃에 피해를 주지 않아요."

메르켈은 총리 이전에 살던 집에서 내내 살았고 그만둔 이후로도 그 아파트에 그대로 살고 있다.

당연히 별장도 하인도 수영장도 정원도 없다.

그녀는 정직했고 진실했으며, 자랑하지도 않았고, 꾸밈도 없었다. 이 여인이 유럽의 최대 강국 경제 대국 독일의 총리 메르켈이다.

이 글은 러시아인이 사치스러운 푸틴 대통령과 비교하며 페이스북에 올린 글이다. 참 존경스러운 여성 정치가이다.

이 글을 보고 우리나라 정치인들을 생각해 보았다.

우리나라에는 왜 이런 정치인들이 안 나올까?

이런 정치가를 가진 독일 국민들이 몹시 부럽다.

3. 행복은 내가 만든다

1) 자연 속에서

우리 동네는 산으로 둘러싸여 있다고 해도 과언이 아니다.

서울특별시인데도 자연을 가까이 두고 있으니 배가 부른 것 같기도 하고 마음의 여유가 늘 생겨 즐거운 생각을 하게 된다. 동북쪽으로 불암산, 수락산이 둘러 있고 서북쪽으로는 북한산과 도봉산이 있다.

그리하여 멀리서도 수락산을 찾아오고 도봉산을 찾아온다. 내가 젊어서 자주 오르던 북한산과 도봉산은 무척이나 아름답다. 특히 도봉산 진달래 능선은 유명하다. 그리고 산골짜기에서 만들어진 물이 개천을 만들어 당현천과 중랑천으로 흐른다. 코로나 시절을 살면서 산을 오르고 둘레 길을 돌고 개울을 찾아 각자에게 맞는 운동을 하며 답답함을 해소하고 있다.

산에 피는 꽃도 아름답고 개울가에 피는 꽃, 구청 녹지과에서 이른 봄 꽃씨를 뿌려 초여름이 되면 각종 꽃이 방긋방긋 웃으며 피어나는 모습은 낙원을 연상시킨다.

꽃향기를 맡으며 걷기운동 하는 사람, 조깅을 하는 사람, 자전거를 타는 사람 저마다 자신만의 운동을 즐긴다.

나의 경우 걷기운동을 하고 중간에 설치해 놓은 운동기구에서 자전거 타기, 파도타기, 팔 근육 키우기, 몸 회전하기 등을 한다. 꽃밭을 내려다보며, 새소리를 들으며 걷기운동을 한다.

또 스피커에서는 가수들의 노래가 흘러나와 박자를 맞추어 걷게도 한다. 내가 걷는 벚꽃 길은 꽃이 져도 녹음이 우거져 산책 나온 노인들의 젊은 시절 추억을 일깨워 주기도 한다.

손잡고 지나가는 연인들과 노부부를 바라보며 청춘을 추억해 보기도 한다.

2) 환경 속에서

부자와 가난한 자의 행복은 무엇이 다를까?

부자는 돈으로 뭐든지 할 수 있다고 생각한다. 요즈음 세계의 이목을 끌고 있는 드라마 「오징어 게임」은 가난한 사람들을 재벌들의 노리갯감으로 여겨 사람들 죽이는 게임을 즐긴다. 재미 삼아 하는 재벌들의 놀이에 동물들의 약육강식 세계가 벌어지는 것이다.

얼마 전까지 어느 방송에서 「런닝맨」이라는 오락 프로가 있었는데, 거기서는 가상으로 죽이는 거지만 여기서는 부자들의 즐거움을 위해 야

수 약탈적 자본주의를 실천하는 게임으로 진짜로 죽이는 것이다. 빈자들은 그 놀이의 희생자가 되어 마치 파리 목숨 죽는 거 같아 끔찍스러웠다.

이런 부자들이 그 소유한 재산을 없는 자들에게 제대로 소통을 시켰으면 골고루 잘 사는 세상이 될 텐데 참 아쉽다.

그러나 인간의 행복은 돈보다 정신의 기준으로 한다면 부자나 가난한 자나 느끼는 행복은 별로 차이가 없을 것이다.

행복의 크기는 서로 비교할 수 없기 때문이다.

양쪽의 삶 모두 어떤 마인드를 갖느냐에 따라 멋지고 근사한 인생을 살 수 있다. 인생은 한 번뿐이고 오늘 하루의 매 순간이 놓칠 수 없는 소중한 풍경임을 깨닫는다면 누구나 최고의 인생을 살 수 있다. 바로 그게 행복이 아닐까!

우리 동네 도서관은 서울시 평생 교육관으로 되어 다양한 교육 프로그램을 진행한다. 요즘엔 코로나로 인해 잠시 쉬고 있지만, 책은 대여해 주어 자주 이용하고 있다.

내 친구는 여기서 서양화를 그리고 가끔 개인지도를 받는다.

나는 동사무소 자치프로그램에서 영어수업을 받고 있는데 지금은 코로나로 인해 쉬고 있지만, 곧 개강할 것이다.

이제 위드 코로나 시절이 되면 다시 개강할 것이다.

그 밖에 중국어, 통기타, 하모니카, 헬스, 요가, 가요 부르기 반을 비롯해 많은 것을 배울 수 있다.

　그리고 우리 동네 좋은 점은 사방에 종합병원이 있어 좋고 또 쇼핑
센터가 여러 곳에 흩어져 있어 좋다. 백화점과 경찰서도 가까이 있고
식당과 제과점, 카페도 거리마다 있어 편리하다.
　특히 젊은 엄마들이 많고 학원들이 멀지 않은 곳에 있어 거리가 젊
고 생동감이 넘친다.
　그런 가운데 있으니 나도 젊어지는 기분이 들고 실제로 중년의 생활
패턴을 따라가고 있다.

　물론 우리 구에 대기업의 빌딩들이 늘어선 건 아니지만, 서울 안에
서 산에 둘러싸인 대자연 속에 살 수 있다는 게 어찌 행복하지 않겠
는가!
　행복은 생각으로 내가 만든다.

4. 누군가의 멘토가 되자

✐ 지금은 예전 그 어느 때보다 노인으로 살기에 좋은 시대이다. 여러 가지 약들과 건강보조 식품들이 많아서 인간 수명을 길게 만들었고 또 지혜가 자라나 건강을 위한 운동과 영양제를 챙겨 먹고 무엇보다 인터넷이 있어 세계와 소통을 하며 공허한 날들을 잘 보내게 해 준다. 그리고 복지정책이 잘 되어 있어 국가에서 주는 노령 연금 덕에 부족함이 없이 살고 있다.

그러나 몸이 늙어가는 것은 어쩔 수 없다. 다만 생각하는 힘이 시대에 따라 젊음을 향유할 수 있고 청년들과도 호흡을 같이하며 젊어지는 느낌을 느끼게 한다.

고대 철학자 키케로는 44세 나이의 자신을 청년이라 불렀다.

그리고 식을 줄 모르는 열정으로 자기만족의 태도를 보이면서 63세 나이에도 여전히 자신을 청년이라 칭했다.

물론 여기서 말하는 청년과 청춘의 개념은 다른 것 같았다.

90세가 된 할머니가 하루 8백 미터씩 수영하고 또 젊은 파트너들과 골프를 치는 90대가 자신의 나이를 60대로 여기며 사는 할머니들도 허다하다. 옛날에는 40대 안팎이면 중년이라 했는데 요즘에는 60대에 들어서야 중년이라 불린다. 그래서 요즘은 75세가 지나서야 겨우 초년 늙은이(중늙은이)로 불리는 시대에 살고 있다. 그러니 내가 80 고개를 넘었어도 아직도 중늙은이로 살고 있는 것이다.

인생은 짧은 여행이다. 인생의 여행길에서 열정을 품은 것들에 관심을 쏟고 살아서 훗날 지난날들을 되돌아보며 "나는 모든 일을 열정적으로 했으며, 결코 부끄러운 삶을 살지 않았다. 언제나 당당했기에 정말 행복하였다." 고백할 정도로 내가 좋아하는 일, 하고 싶은 일을 하며 살자.

나는 하고 싶은 일을 하며 말년을 보낸다. 사실 나도 사회에 뭔가를 공헌하고 싶어 이것저것 봉사활동을 했지만, 이제 늙어져서 더 이상 몸으로 할 수 있는 것은 어렵다.

옛날 같으면 죽었어야 할 나이에 젊은 친구들과 어울려 즐겁게 살며 회춘의 기분을 만끽하니 죽는 날도 선택해야겠다는 생각을 하고 남은 세월을 걸어가고 있다.

5. 뇌를 훈련하자

🖋 내 주변에 70대 중반인데 알츠하이머를 앓고 있는 친구가 있다. 아직 심하진 않아서 가끔 "아까 내가 뭐라 했지? 기억이 안 나네." 하는 정도이고, 또 자신이 치매라고 말하기도 한다.

그런데 50~60대 아줌마들도 건망증에서 자유로울 수가 없다.

금방 들고 얘기하던 휴대폰을 어디 두었는지 모른다고 찾다가 냉장고 속에서도 찾고 손에 들고 있는 열쇠를 어디 있나 하고 찾기도 한다. 어느 경우엔 무슨 생각을 했는지 잊어버리고 멍하니 망각의 상태에 빠지기도 한다. 인간의 머릿속에서 벌어지는 일들이 나이 들어 예전처럼 빠르게 흘러가지 않는다. 정신적 능력이 쇠퇴해 가는 과정에 있는 것이다.

정신적 쇠퇴현상은 기억력 상실로 예전에 좋아하던 연예인이나 여행 갔던 장소를 떠올리려고 할 때, 오래전 보았던 영화 장면이나 장소의 그림은 생각이 나는데 배우 이름은 입안에서만 뱅뱅 돌고 겉으로 표현을 못 한다.

이런 것은 기억력 탓이 아니라 모든 정신 기능의 처리 속도가 둔화

되고 있기 때문일지도 모른다. 한마디로 나이 탓이리라.

일단 노화가 진행되면 시시각각 일을 하는 중도에 우뚝 멈춰 서서 지금 내가 무슨 일을 하고 있는 거지? 돌아보게 된다. 어떤 때는 지금 내가 왜 앉았다 일어섰는지도 잊어버린다. 그리고 다시 제자리에 와서야 '아, 내가 뭘 가지러 갔다가 잊고 그냥 왔구나.' 하며 자신도 기가 막혀 웃으며 다시 일어나 일을 처리한다.

그런데 나의 경우 지난 과거를 거의 잊고 사는데, 꼭 기억해야 하는 일들은 기억해 낸다. 특히 나에게 나쁜 영향을 준 것은 일부러 지워버린 것처럼 잊어버린다. 당시에 같이 겪은 사람이 말해 주면 그제야 그때 그랬었나 하고 웃어넘긴다. 그러나 즐겁고 행복했던 일들은 잘 기억하고 가끔 떠올리며 행복해한다. 그래서 나이 들면 뇌 훈련이 필요하다.

TV를 보더라도 지식이나 지혜에 도움이 되는 프로를 찾아본다. 뉴스는 물론 세계 테마 기행으로 지구 위 생활상을 본다.

또 책을 읽고 일기를 쓰고 성경 필사나 간단한 만들기를 하며 머리 쓰는 일을 계속해야만 뇌 기능을 녹슬게 하지 않는다.

❖ 뇌 훈련 프로그램 ❖

1) 조선왕조(1392~1910) 1대에서 27대까지 계보

    태조 – 정종 – 태종 – 세종 – 문종 – 단종 – 세조 –

    예종 – 성종 – 연산군 – 중종 – 인종 – 명종 – 선조 –

    광해군 – 인조 – 효종 – 현종 – 숙종 – 경종 – 영조(52) –

    정조 – 순조 – 현종 – 철종 – 고종 – 순종

2) 첫 음으로 외우기

    태 정 태 세 문 단 세

    예 성 연 중 인 명 선

    광 인조 효 현 숙 경종

    영 정 순 현종 철 고 순종

제5장

도전의식을 갖자

1. 남자 노인도 요리를

　　　🖋 현대의 노년은 수명이 늘어나서 자식이 독립한 뒤에도 부부끼리 오래 살아야 한다.

　65세 정년퇴직을 하면 30~40년은 두 사람이 한 지붕 밑에서 밤낮 붙어 서로 마주 보고 살아야 한다. 물론 집이 넓으면 각자 활동 공간을 만들어 따로 지낼 수 있겠지만, 대개 좁은 한 공간에서 온종일을 함께 보내게 될 것이다.

　그렇게 함께 사는 노후의 날들이 즐거울 것인지, 두렵고 걱정이 되는지 생각하지 않을 수 없다. 이런 경우 부부가 어떻게 하면 즐겁게 사이좋게 지낼 수 있을까 생각해 보자.

　노후에 서로 의견이 맞고 그동안 바삐 살면서 함께 하지 못한 시간을 같이하며 노년의 사랑을 한다면 얼마나 좋겠는가? 또 자녀들로부터 해방되어서 충분한 자유시간이 주어졌으니 이제야말로 진정한 부부의 참맛을 느끼고 애정 표현도 하며 제2의 인생을 함께 걸어가는 친구 같은 부부의 시기가 될 수도 있을 것이다.

　그러나 대부분 여자들은 그렇게 생각하지 않고 남편의 퇴직과 재택

근무를 반기지 않는다.

① 남편과 매일 무엇을 하며 보낼까?

② 이제 월급이 없으니 연금으로만은 부족하다.

③ 자신(아내 본인)의 자유시간이 없다.

④ 남편 시중을 들어야 할 시간이 늘어난다.

그중에서도 남편의 점심 시중이 가장 부담이 된다.

남편이 직장에 다닐 때는 아침을 간단히 빵이나 주스, 우유에다 후레이크 정도로 때웠고 저녁은 거의 먹고 들어와 식사 준비에 신경을 쓰지 않아도 되었었다. 그런데 이제 삼시 세끼에 신경을 써야 한다니 부인들은 총체적 난관에 부딪힌 셈이다.

그리하여 그런 걸 아는 남자들은 눈치껏 아침을 적당히 먹고 나서 도서관이나 공원으로 출근하듯 나가 시간을 보내고, 시청이나 구청 직원 식당에 가서 점심을 때우고 저녁 늦게 귀가한다. 참 남자들은 불쌍하다. 평소 직장 다닐 때는 돈 버는 기계로 일하고, 여자들은 남자가 벌어 온 돈으로 친구들 만나 수다 떨며 외식을 즐긴다.

그러니 남자들도 퇴직하게 되면 집안일을 거들어 주고 식사 준비도 도와준다면 부인도 같이 있는 걸 싫어하지 않을 것이다. 게다가 부인이 자유롭게 외출하도록 하고 친구들이랑 여행도 다녀오라고 하며 집을 혼자 지킬 수 있다면 환영을 받을 것이다.

외출하는 아내에게 남편이 "어디 가? 내 밥은? 몇 시에 와?" 물으면 아내가 열을 받는다고 한다. 그 말밖에 할 말이 없을까?

"여보 잘 다녀와. 친구랑 맛있는 거 사 먹고 잘 놀다 와. 내 걱정은 말고 천천히 놀다 와." 하면 어디가 덧나나!

또 반대로 남편이 외출할 때는 "나, 밖에서 볼일 보고 친구 만나서 점심 먹고 몇 시쯤 들어오리다. 저녁 신경 쓰지 마. 내가 알아서 할게." 이런 경우엔 사랑받는 아내로 친구들의 부러움을 살 것이다.

그래서 혼자 집에 있을 때 세끼 밥을 해 먹으려면 반찬을 해 먹어야 하는데 평소에 아내한테 반찬 만드는 법을 배워 났으면 모를까 갑자기 끼니를 해 먹으려면 요리를 할 줄 알아야 하지 않겠는가?

나의 큰아들은 중년인데 틈틈이 요리를 배우러 다니고 있다.

식당을 차려도 될 만큼 요리를 잘해 가끔 집에서 실력 발휘도 한다. 앞으로 노년이 되어서 집안일을 잘할 수 있을 거 같아 좋아 보였다.

요즘 요리학원에 많은 남자들이 배우러 다닌다고 하는 뉴스를 보고 다행이라고 생각하였다. 주변에 노부부가 사는데 가끔 부인이 외출하면 남편이 라면만 끓여 먹어 걱정이라고 했다. 물론 밥을 말아 먹는다지만 라면은 젊은이들한테도 소화기관에 부담된다는데, 노인의 위에는 분명 안 좋을 것이다.

귀찮아도 남자 노인들이 요리를 배워 자기 반찬은 물론 부인한테도 실력 발휘를 해서 즐거운 식탁을 꾸며 행복하게 살았으면 좋겠다. 이제 남자들의 사고방식도 바뀌어야 할 것이다. 우리는 변화를 요구하는 시대에 살고 있기 때문이다.

2. 은퇴 후 사회 활동

🖊 그저 나이가 들어가고 있을 뿐인가? 그렇다면 그냥 어른이다. 여기서 우린 '어른'이라기보다 '연장자' 역할을 해야 한다. 연장자는 젊은 사람들에게 전수될 필요가 있는 어떤 기술을 보유하고 있는 사람들을 지칭한다.

그러기에 보통 연장자들은 가족이나 자신이 속한 공동체 구성원들을 지원하고 도와줄 기회를 찾아야 한다. 그리하여 매일매일 살아야 할 이유를 분명히 느끼고 이웃과 집단 사회에서 새로운 역할을 맡으려고 노력해야 한다.

학교에서 자원봉사를 하고 청소년에게 지식이나 기술을 가르치고 타인에게 통찰을 제공하거나 젊은이들에게 삶의 비전을 갖도록 권면해 줄 수도 있다.

또 나이가 들수록 이웃에 봉사하고 세상의 이목에 집중하며 우리 손길이 필요한 사람들을 돌보고 새로운 생각으로 성장을 추구하는 것에 집중해야 한다.

그렇게 되면 자신의 믿음을 사색하고 전수하는 것에 기쁨을 느끼게 될 것이다.

그러나 또 한편으로는 정년퇴직 후에 자연히 사회적 생활권이 좁아지는 경우도 경험하게 된다.

현역에서 멀어지게 되면 사회적 생활권에서 가족의 생활권으로 들어가게 된다.

어려서는 엄마 품 안에 있다가 성장하면서 사회로 나가 활동하다가 나이가 많아지면서 다시 생활권이 가정으로 돌아와 좁아진 것이다. 노화로 사회와의 관계가 줄어든 것이니 어쩔 수 없이 변화를 받아들이고 상황에 적응해야 할 것이다.

하지만 개중에는 나이 관계없이 사회적 활동을 하는 노년도 있다. 얼마 전까지도 은퇴 이후 집에 있기 마누라 눈치 보기 불편해 기원이나 복지관 또는 도서관이나 공원 등으로 돌아다녔는데 요즘엔 노년 일거리를 찾아 아르바이트를 하는 경우가 많아 용돈 벌이는 물론 건강 유지에 도움이 된다.

그런데 그것도 75세까지 가능하며 그 이상 나이가 들면 남을 돌보는 위치에서 돌봄을 받아야 하는 자리에 앉게 된다.

몹시 서글프지만 자연스럽게 자각하고 자기 관리를 잘하여 운동으로 육신의 건강과 정신 건강을 챙기며 가족에게 부담되지 않게 해야 할 것이다.

내 주변에 60대 주부인데 복지 관계 자격 중에서 장애인 도우미 자격증을 취득하여 늦게까지 일을 하고 다니는 것을 보았다. 오전과 오후로 나누어 두 집을 다니고 있다. 말하자면 개인 비서 역할을 하는 거였다. 휠체어 밀고 다니며 은행 볼일도 보러 가고 병원에도 같이 가 주고 집안일도 거들어 주며 오전 오후 3~4시간씩 봉사 겸 자기 용돈 벌이를 한다.

또 내 지인 중에 남편이 은퇴 후 건물 경비를 한다든가 꽃배달 같은 가벼운 물건 택배로 자기 관리를 하는 남자 노인도 있어 박수를 보낸 다. 지금은 코로나로 쉬지만, 동네 초등학교 급식 봉사를 하는 노인들 도 많이 있어 사회 활동에서 자기 역할을 담당하고 있었다.

밤하늘에 빛나는 별들이 각자의 빛깔과 방향이 정해져 있는 것처럼 사람들도 저마다 다른 세계를 살고 있다는 사실을 명심하자. 자기에게 맞는 생활 방식과 소명을 찾는 것이 무엇보다 중요하다. 각자에게 주 어진 환경에서 자신에게 들려오는 음악에 맞추어 마음 가는 대로 걸 어가 보자.

3. 나이는 숫자에 불과

1) 80 나이에 주식을

내가 만 80세가 되면서 해 보지 못한 것이 무엇인가 생각해 보니 젊은이들이 투자 목적으로 하고 있다는 '주식'이었다. 내가 다니는 미용실 원장은 해외 주식을 하고 있어 국내 주식은 별로 신경을 안 쓰는 것 같았다. 그런데 나는 그 흔한 국내 주식 한 번 경험하지 않고 있어 도전 의식이 발동하였다.

얼마 전 혼자 사는 조카딸이 몇 해 전 사놓은 주식이 올라 목돈을 만들었다는 얘길 들었기에 금년 봄 통장에서 50만 원을 찾아 투자은행을 찾아가 주식 개설을 하였다. 그리고 국내 주식 몇 주를 샀다. 지난 설에 손자 손녀가 자기 앞날에 도움이 될 주식을 여러 주 샀는데 많이 불어났다는 소리를 들은지라 나도 희망을 갖고 투자하였다.

그리고 두어 달 지나서 다시 50만 원을 들고 가 해외 주식도 할 수 있게 개설을 했지만, 아직 엄두가 나지 않아 그대로 국내 주식 몇 주 더 사서 보유하고 있다.

얼마 전 많은 수익을 본 조카 말로는 가능성 있는 주식을 사서 그냥 보유하고 있고, 마냥 기다리라는 것이었다.

그래서 나도 큰돈 아니니 그냥 잊어버리고 있을까 한다.

2) 90 나이에 영어회화를

우연히 옛날 방영했던 「세상에 이런 일이」 프로 재방송을 보았다. 90살 할머니의 도전기였다.

아이들 다 키워 출가시킨 후 70세에 혼자가 되어 이제는 내 인생을 살아 보겠다고 운전면허를 따서 20년 무사고 운전을 하고 늦게나마 영어회화에 도전하여 외국인과 간단한 의사소통을 하게 되었다 한다.

그의 집 벽과 냉장고, 찬장에는 온통 영어회화 내용을 적어 붙여 놓았다. 빈틈없이 빽빽하게 붙여 놓은 것을 보면 아주 적극적이었고 열성적이었다. 그 도전 용기가 부러웠다.

거기에 피아노 치는 것까지 시작했다니 대단하다.

그렇게 세상살이에 열심이다 보니 늙어가는 것도 주춤하는 듯 그 할머니 아직도 70대에 살고 있는 것 같았다.

3) 「리어왕」의 이순재

요즘 화제가 되고 있는 문화계 뉴스는 87세의 배우 이순재가 「리어왕」이 된 것이다. 셰익스피어 작품 연극의 주인공으로 연기하는 것이 그의 말년의 큰 보람일 것이다.

연예계는 물론 여러 분야에서 원로배우로 존경받는 그는 박학다식한 인물로 평가받고 있다. 나 역시 1991년 「사랑이 뭐길래」 드라마에서 대발이 아버지로 등장할 때부터 좋아했던 배우였다. 그런 데다가 여러 해 전 「꽃보다 할배」 프로그램에서 가장 연장자로서의 위엄과 점잖은 연기에 박수를 보냈었다.

이번 「리어왕」 연극에서 그 많은 대사를 잘 외워 연기하는 데 놀랍고 존경스러웠다. 취재기자의 칭찬에 두뇌가 녹슬지 않게 하려고 미국의 역대 대통령 이름을 순서대로 외고 있다는 얘길 듣고 나는 조선왕조 계보를 외워야겠구나 생각했다.

그는 외국 작품을 연기하고 있으니 미국 대통령 계보를 외우겠지만, 나야 한국인으로서 조선왕조 5백 년에 나오는 임금의 이름을 외우는 것이 당연하지 않겠는가?

여기에 생각이 미치자 나는 기독교인이니 먼저 성경 66권 순서를 외우고 나서 우리나라 왕조 계보는 나중에 외우자는 생각이 들었다. 어쨌든 두뇌훈련으로 좋을 것 같아 우선 구약성경 39권부터 외우기 시작하였다.

저녁 운동 나가면서 왕복 40분 외웠더니 사흘 만에 다 외워 이제 신약성경 27권을 외워서 잊어버리지 않도록 반복하고 있다. 계속 두뇌 기능을 활성화해서 기억력을 훈련해야겠다.

창세기 – 출애굽기 – 레위기 – 민수기 – 신명기 – 여호수아 –
사사기 – 룻기 – 사무엘 상하 – 열왕기 상하 – 역대 상하 – 에
스라 – 느헤미야 – 에스터 – 욥기 – 시편 – 잠언 – 전도서
– 아가 – 이사야 – 예레미야 애가 – 에스겔 – 다니엘 – 호세아
– 요엘 – 아모스 – 오바댜 – 요나 – 미가 – 나훔 – 하박국 –
스바냐 – 학개 – 스가랴 – 말라기 (39)

마태복음 – 마가복음 – 누가복음 – 요한복음 – 사도행전 –
로마서 – 고린도 전후서 – 갈라디아 – 에베소서 – 빌립보
서 – 골로새서 – 데살로니가 전후서 – 디모데 전후서 – 디도
서 – 빌레몬서 – 히브리서 – 야고보서 – 베드로 전후서 –
요한 1, 2, 3서 – 유다서 – 요한계시록 (27)

4. 버킷리스트 작성

'버킷리스트'란 죽기 전에 해 보고 싶은 목록을 적어 보는 거란다. 그리고 그것을 하나씩 실행하며 지워나가는 것이 버킷리스트 실행인데, 그것도 상황에 따라 변하고 바뀌고 할 것이다. 그럼에도 불구하고 내가 여기에 이제 죽어도 괜찮을 나이 80 고개를 넘으면서 몇 가지 적어 보려 한다.

물론 나의 소망이 이루어질지 모르지만, 그냥 희망을 가지고 도전해 보려 한다.

1) KBS 「아침마당」에 출연하기

2018년 내가 78세 때 1인 출판사 대표가 되어 『나, 젊게 산다』 책을 직접 만들어 화요초대석에 몇 차례 보내면서 신청했더니 1년이 지난 다음 담당자로부터 접수되었다고 연락이 와 얼마나 좋아했는지 모른다.

미국 뉴저지 사는 조카며느리한테 책을 보내주었더니 이 나이에 책을 냈다고 "고모님, 이제 아침마당에서 보게 되는 거 아니에요?" 했던 기억이 났다.

언제가 될지 모르지만, 신청한 것이 접수되었다기에 기다리면 될 줄 알고 또 1년을 기다렸다.

그래도 연락이 없기에 담당자한테 연락했더니 자기가 다른 곳으로 가게 되어 취소되었다고 하는 거였다. 그렇담 연락을 해 줘야지 마냥 기다리게 하는가?

대한민국을 대표하는 방송국에서 접수해 놓고 담당자가 바뀌어 취소되었다는 게 말이 되는가? 그래도 접수받은 담당자가 곤란할까 봐 그냥 물러섰다.

그리고 3년이 지난봄 『멋지게 나이 들자』 나의 네 번째 책을 펴낸 후 다시 한 번 화요초대석 담당자에게 책을 보내며 신청했으나 답이 없었다. 우체국 택배로 간 책이 담당자 손에 제대로 들어가기나 했는지 모르겠다.

어쨌든 나의 첫 번째 버킷리스트 소망은 아직도 진행형이다.

2) 대형 서점에서 사인회 갖기

베스트셀러가 되어야 서점 사인회가 있을 테지만, 요즘엔 코로나 때문에 서점 행사가 진행될 수 없어 오히려 사인회 욕심냈던 것을 못 하게 되어 다행으로 생각한다.

그래도 늙어서 만든 책이라 미련을 떨쳐낼 수가 없다.

그리하여 나의 출판사에서 내가 직접 만들어낸 책들을 홍보하고 싶어 그저 좋은 세월을 기다린다.

그러나 요즘 세상이 책을 읽으려는 독자가 줄어들고 인터넷이나 휴대폰으로 읽는 젊은이들이 늘어나 노년에 만들어낸 책이 홍보가 잘되지 않는 것은 당연하다고 여겨진다.

3) 크루즈 여행 가기

코로나가 아니었으면 올해 봄에 다녀왔으리라.

3년 전부터 크루즈 팀에 매달 적금을 부어 여행 경비를 모으고 있다. 올해 말쯤 코로나가 잠잠해지고 세계적으로 위드 코로나가 생활화되면 내년 봄 아니면 초여름에 움직일 수 있을 것이다. 같이 갈 친구는 80세 된 나이 기념으로 목돈을 내고 가게 될 것이다.

내가 크루즈 여행으로 가 보고 싶은 곳은 중남미 지역 카리브 해 주변을 한 열흘 다녀올 예정이다.

드라마 「남자친구」에 나오는 송혜교와 박보검이 나란히 앉아 카리브 해 노을을 바라보던 그 멋진 장면이 나를 중남미 여행을 택하게 했다.

크루즈 여행을 다녀온 옛 직장 동료 얘기를 들어 보니 선상 생활도 멋지고 재미있지만, 마지막 날 전야 댄스파티가 하이라이트였다고 자랑하였다. 특히 한복 입고 부채춤 추는 팀에 부인이 함께해서 세계에 한국의 위상을 알리는 데 일약 도움을 주었다고 했다. 그리고 아직도 박수받던 환희의 장면을 추억으로 기억하며 즐거워했다.

나도 머잖아 가게 될 크루즈 여행의 멋진 선상 생활과 카리브 해의 아름다운 노을 관광을 기대하고 있다.

4) 캠핑카 전국 일주

얼마 전 방송에서 92세 된 할아버지가 모터로 달리는 아담한 배를 구입해서 바다를 달리며 이 항구 저 항구를 유람 다니는 보도가 있었다. 그것도 혼자서 항구마다 즐기며 마도로스 생활을 하는 것이 아주 근사해 보였다.

젊어서 뱃사람으로 살았기에 가능했겠지만, 1년 전 부인이 세상을 뜨자 집안 정리를 하고 배를 집 삼아 살면서 뱃길로 여행을 다니고 있다 했다.

내가 젊어서 생각했던 것을 저 노인이 실행하고 있구나 생각하니 감회가 새로웠다. 그러나 나의 경우는 혼자가 아니라 남자친구와 둘이서 캠핑카를 타고 국내여행을 다니며 경치 좋은 곳에서는 며칠씩 머물고, 그 고장의 특산물 구경도 하고 사람들도 사귀며 남은 날들을 즐겁게 보냈으면 하는 소망이었다. 그러나 이제는 젊은 날 나의 꿈이었다고 생각한다.

지금 92세 노인 스토리 재방송을 보면서 혼자 바닷길을 여행하는 할아버지, 돌아간 할머니 생각을 하며 언젠가 만날 날을 향해 달리는 그 모습을 부러워하고 있다.

나의 버킷리스트는 하늘 여행에서나 이루어질까?

5) 어촌마을 살아 보기

여러 해 전 충남 홍성에 사는 친구 집에서 2박을 했다. 첫날은 회포를 풀고 이튿날엔 같이 간 친구랑 셋이서 대천 해수욕장 근처에 있는 무창포 해수욕장 구경을 갔다.

실은 봄철이라 냉이를 캐러 친구 집에 내려왔는데 시간 여유가 있어 드라이브 겸해서 바다 구경을 한 것이었다.

여름이 아니라 사람이 없어서 모래사장에 내려가 사진을 찍고 멀리서 몰려오는 파도를 바라보며 소녀들처럼 놀았다.

그런데 바로 그 모래사장 앞에 유리 벽 카페가 있었는데 매우 인상적이었다. 넓은 홀 구석에 커피콩 내리는 기계와 빻아서 커피 가루 만드는 기계가 있어 즉석에서 커피를 내려 마실 수 있게 되어 있었다. 그래서 커피 맛을 모르는 나도 커피 향과 맛을 느낄 수 있었다. 그리고 카페에 앉아서도 바다를 한눈에 내다볼 수 있어 좋았다.

몇 해가 지난 지금도 유리 벽 카페와 거기서 내다보이는 바다가 눈에 선하다. 그래서 내가 좀 더 늙어지면 그곳 어촌마을에 가서 한번 살아 보기를 다짐하였다. 인터넷 찾아보니 해수욕장에서 멀지 않은 곳에 어항이 있었다.

생선을 좋아하는 내가 딱 살기 좋은 마을에 있는 항구이다.

서해 고속도로에서 무창포 IC로 들어가 관당 초등학교를 찾으면 거기서 조금 지나 관당리 마을이 있다. 그곳 관당 2리 마을 회관에서 무창포항을 갈 수 있다.

  우리 아들은 동해가 좋다고 하는데, 나는 이제 늙어서 그런지 바다
수평선 넘어 사라져 가는 지는 해, 노을이 아름답다.
  어촌마을에 혼자 사는 할머니 집에 하숙하며 몇 달 살아 보는 것도
괜찮겠다.

  흔들의자를 마련해서 해 질 녘 의자에 깊숙이 파묻혀 몸을 그네로
흔들면서 아름다운 노을을 하염없이 바라보고, 그러다가 땅거미가 거
닐게 되면 바다 위 하늘에 별들이 깜박거리는 밤 풍경을 경이롭게 바
라보게 되겠지. 얼마나 아름답겠는가?

제6장

내게 아주 특별한 날들

1. '감사 이야기' 당선

🖋 새해가 되고 며칠 안 되어 『아름다운 동행』 편집실
에서 전화가 왔다. 내가 원고 응모했을 때 전화번호를 잘못 적어 연락
이 늦었다고 하면서 교회에서 번호를 알아서 이제야 연락하는 거라고
했다. 자기 전화번호도 틀리게 적다니 참나.

지난달 초순 아침 7시 예배 들어가면서 엘리베이터 앞에 쌓여 있는
『아름다운 동행』 월간 신문을 보았다. 지난달 원고 응모를 했기에 관심
이 있어 예배 끝나고 2부를 집어 들고 집에 왔다. 그리고 집에 들어서
자마자 신문을 펼쳐 보니 10페이지에 '감사 이야기' 공모작 발표가 나
와 있었다.

거기에 우수작으로 '코로나 가운데 주어진 선물'이란 제목으로 나의
작품이 실려 있는 게 아닌가? 놀라웠다.

그동안 아무 연락이 없어 낙선되었나 생각했는데 소리 없이 나의 글
이 우수작으로 뽑혀 있었다.

으뜸상은 아니지만 그래도 우수작으로 당선되었으니 기뻤다. 큰애는
가족 얘기 별로 안 좋아하고 또 바쁘니까 그만두고 작은애한테나 알

려야겠다.

세상 신문이 아니고 교계 신문에다, '코로나 땜에 불편한 때라 독자가 별로 없을 거다.' 생각하면서도 '주님 감사합니다.' 속으로 외치며 이런 것이 소소한 일상 속의 행복이구나 느꼈다.

지난 12월 1일 자 월간 교계 신문 '아름다운 동행'에 내 작품이 우수작으로 실렸는데 반가워하면서도 으뜸상이 아니라 연락이 없었나 했다. 그러면서도 작은아들한테 수상 소식을 카톡으로 보냈더니, "상금은?" 묻기에 "으뜸상이 아니라 없나 봐." 했다.

그런데 지금 한 달이 지나서야 연락이 온 것이다.

전화번호를 잘못 적어 놓았으니 한 달씩이나 걸린 것이었다. 편집실에 얼마나 미안했던지. 나이 탓일까? 하하.

편집실 팀장 얘기가 본래는 1월 초에 시상식을 가지려 했는데 코로나 사정으로 시상식은 생략하고 상장과 상금을 보내주겠다는 거였다. 그래서 내가 '으뜸상'이 아니라 상금이 없는 줄 알았다고 했더니 "으뜸상은 50만 원인데 우수상은 30만 원예요." 그래서 은행 계좌번호를 알려 주면서 5만 원은 특별 후원금으로 하고 25만 원만 보내달라고 하였다. 그리고 작은아들한테 소식을 전했더니 축하 메시지가 왔다.

며칠 후 상장과 상금이 도착하였다. 몹시 뿌듯하였다. 내가 공모전에서 우수작으로 상금을 받다니. 그리하여 이날은 나에게 아주 특별한 날이 되었다.

2. 내가 1인 출판사 대표

🖋 2018년 내가 78세 때 『나, 젊게 산다』라는 노년 일기를 곁들인 '시집'을 출간하려고 구청에 가서 1인 출판사 등록을 하고 내가 출판사 사장이 되어 그해 10월에 책을 펴냈다.

원고를 쓰고 교정을 보고 가편집까지 하고 나서 인쇄제본을 맡길 출판사를 찾았는데, 동교동에 있는 도서출판 '생각나눔'이었다. 표지는 디자이너로 활동하는 작은아들한테 맡겨서 기본 금액으로 인쇄제본을 할 수 있었다.

내가 처음 출판한 책 『나, 젊게 산다』는 시집을 보고 동네 영어반 후배들이 출판기념회를 조촐하게 열어주어 기뻤다. 그 후로 매년 한 권씩 책을 냈다.

주변에서 어린 시절 겪은 전쟁 이야기가 궁금하다고 해서 『맘 스토리』를 적어 출판했고, 젊어서 살아온 인생의 역경을 알고 싶다고 해서 『내가 행복한 이유』를 써서 펴냈다.

그런데 모두 내가 출판사 일을 아울러 해야 하기 때문에 중앙도서관에 ISBN 신청하는 것이 번거롭고 또 서점에 판매 마케팅까지 확인해야 하는 것이 힘들어 내 책을 그동안 세 권이나 인쇄해 준 도서출판

'생각나눔'에 맡기기로 했다.

　다만 책 표지는 계속 작은아들에게 맡기기로 하고 기본료를 약간 인상하기로 했다. 나는 글 쓰고 교정 보고 가편집까지만 하면 되는 것이니 이제 편해졌다.

　그래도 3년을 사장 노릇 하다가 구청에 폐업신고를 하고 세무서 민원실에 사업자 등록을 제출하고 폐업 접수를 하고 나니 좀 서운한 느낌이 들었다.

　그러면서 한편으로는 내 손으로 책을 3권이나 펴내는 경험을 했으니 '1인 출판사 대표' 역할을 잘한 것이라고 스스로 위로하였다.

　어쨌든 1인 기업 체험으로 출판사 사장을 한 번 해봤으니 내 평생에 아주 특별한 일이 아닐 수 없다.

3. 김호중 모교 방문

🖉 올봄 『멋지게 나이 들자』 책이 출간되고 며칠 후
집으로 배달되었다. 이번 책은 「미스터 트롯」 기사와 노래를 특집으로
만들었기에 코로나 속에서 집에 앉아 즐기던 모든 사람에게 읽게 하
고 싶었다. 특히 내가 좋아해서 팬으로 정한 트바로티 김호중에게 내
책을 보여 주고 싶었다.

그래서 김호중의 모교인 김천예고 행정실로 전화했다.

젊은 여직원이 친절하게 대꾸를 해 주어 고마웠다. 호중 씨 스승님
인 서수용 교장 선생님과 통화를 하고 싶다고 했더니 출장 가셨다고
했다. 자리에 계시더라도 아무하고나 통화하실 수가 없을 것이다. 그
래서 여직원에게 서수용 선생님에게 전해 달라는 메모를 남겼다.

"호중 님 같은 제자를 잘 키워주어 감사하며 신학기라 바쁘시겠지
만, 존경하는 스승님을 뵈러 가면서 호중 씨 얘기를 쓴 나의 책을 들
고 다음 주에 가려고 하니, 어느 요일이 좋을까요?" 했더니 내 번호를
달라고 해서 알려 주었다.

며칠 후 여직원이 전화했다.

책을 우편으로 보내주면 좋겠다고 했다.

하지만 나는 호중 씨 다닌 학교도 보고 싶고 스승님 서수용 교장 선생님도 보고 싶은데 물러설 수는 없었다. 그래서 내가 일방적으로 교장님은 못 뵈어도 좋으니 학교 구경이라도 하고 오겠다고 하면서 하루 날을 잡아 가기로 했다.

행정실 여직원 말은 서수용 교장님 만나려는 사람이 너무 많아서 누군 만나고 누군 안 만나 주면 안 되기 때문에 만나 줄 수 없다는 거였다. 그럴 테지, 이제 유명해졌으니 조심해야겠지. 그래도 호중 님에게 책을 전할 방법은 서 교장님께 맡겨 두는 것이 제일 나을 것 같아 차에 싣고 가기로 했다.

그리고 며칠 후 작은아들과 호중 님 모교인 김천예고를 다녀왔다. 책이 나오기 전부터 작은아들과는 약속이 되었기에 떠나기 전날 집에 와서 자고 일찍 출발하였다.

그래도 9시 반이 다 되어 출발하였다.

아들 차에 타고 가면서 오랜만에 만난 것처럼 4시간 가까이 운전하고 가는 동안 많은 이야기를 나누었다. 손자 손녀 이야기, 형제간의 이야기, 또 내가 즐겨 보는 프로 「트롯 맨」에 관한 이야기를 하다가 결국 김호중과 서수용 스승님 이야기까지 하고 나니까 1시가 넘어서 학교 근처에 도착하였다.

내가 약속한 2시가 되어 학교 교정엘 들어갔는데 김천예고 교장실과 행정실은 멀리 떨어져 있어 건물을 뱅뱅 돌아 나와 통화했던 여직원을 드디어 만났다.

역시 서수용 교장님은 출장 중이라고 해서 나를 소개한 책 『나, 젊게 산다』와 이번에 펴낸 『멋지게 나이 들자』 두 권을 넣은 봉투를 드리라 전하고 또 가끔 들린다는 호중 님 팬 방송을 하는 TV 여행사 부부에게 전해 줄 책 10권이 든 상자와 호중 님한테 전해 주라고 따로 10권을 넣은 책 상자를 서수용 교장님 이름으로 남겨 두고 나왔다.

돌아오는 길에 학교 운동장과 호중이 누비고 다녔을 교내 길을 걸어서 교문 입구에 서 있는 호중이 입상과 트바로티 집 앞에서 사진을 찍고 '고맙소' 벽화 옆에서도 찰칵, 운동장에서도 한 컷하고 밖으로 나와 연화지 연못 정원을 돌아보고 왔다. 이번에 작은아들 덕에 팬클럽 회원 노릇을 톡톡히 한 셈이다.

💬 김호중의 벽화 앞에서

💬 '트바로티의 집' 거실에서

4. 팔순 잔치 피크닉

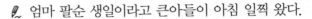

🖋 엄마 팔순 생일이라고 큰아들이 아침 일찍 왔다.

간밤에 캠핑 준비를 하다가 잠을 설쳤는지 오자마자 1시간을 자고 일어나서 서둘러 출발하였다. 마침 손자도 도착하여 셋이서 타고 강원도로 향하였다.

1시간 반 정도 달려서 강원도 화천 계곡에 있는 광덕 '그린 농원' 캠핑장에 도착하였다. 가는 길에 펼쳐진 풍광은 아름다웠다. 우리나라 자연, 특히 강원도 산길 나무숲 정취에 흠뻑 빠져 감탄하며 달렸다.

캠핑장에 도착해서 낮에만 놀다 가는 피크닉 접수를 하고 캠핑장 한 곳에 자리를 잡았다. 아들 손자가 모두 아침을 걸렀으니 점심 먹을 준비부터 해야 했다. 캠핑장은 바닥이 나무로 깔려있고 지붕은 천막으로 덮여 있었다.

태양이 쨍할 땐 천막 지붕이 좀 더운 듯했으나, 금방 구름이 가려주어 숯불을 피우는 데 어렵지는 않았다.

손자가 불붙이려고 다가서는데 그게 위험해 보여 경험이 많은 아들한테 숯불을 피우라고 하면서 손자를 더 생각하는 거 같아 속으로 웃었다. 참숯에 불을 붙이고 20분 남짓 되니 숯불이 빨개져서 석쇠를 얹어 고기를 구울 수 있게 되었다.

먼저 쇠고기와 양송이 구이를 해 먹었다. 프라이팬에다 해 먹을 때
보다 맛이 있다. 그때 손자가 양송이는 물로 씻지 말고 통째 구워야
버섯 향이 가득하고 송이즙이 흠씬 배어 나와 속의 영양분을 듬뿍 먹
을 수 있어 맛있다고 했다.

요리에 관심이 많은 손자한테 역시 새로운 것을 또 배워간다. 정말
손자 말대로 통째로 구워 쭉쭉 찢어먹으니 양송이 속의 수분과 즙이
줄줄 흘러내려 아주 맛있게 먹을 수 있었다.

그동안 나는 양송이 묶음을 사 오면 물로 씻어 칼로 토막을 내어 프
라이팬에 구워 먹었으니 영양을 제대로 섭취 못 했구나 생각했다.

또 조개구이와 새우를 숯불에 구워 먹으니 정말 단백하고 맛있었다.
평소에 내가 조개구이와 새우구이를 먹고 싶어 했기에 아들이 신경 써
서 크고 작은 조개와 큼직한 새우를 구해 와서 아주 맛있게 실컷 먹었
다. 그 밖에도 돼지고기, 햄 소시지를 가져왔는데 모두 배가 불러 먹
을 수가 없어 손자가 가져가기로 하였다.

점심을 배불리 먹고 곁에 있는 풀장엘 갔는데 계곡 물 수영장이라
깨끗하였다. 계속 위쪽에서 물이 내려오고 아래쪽으로는 물이 흘러가
기 때문이다. 나는 아들이 끌어다 준 풍선 침대에 누워 둥둥 떠다니
며, 구름이 널려 있는 파란 하늘을 바라보았다. 그리고 오늘의 행복에
감사하였다.

이윽고 태양이 뜨거워 풍선 침대에 그대로 엎드려 물장구를 치며 즐겼다. 내가 물 위를 떠다니며 놀고 있을 때 아들 손자는 수박 무늬 수구로 배구놀이를 하며 즐거운 시간을 보냈다.

그야말로 여름의 끝자락 마지막 더위를 물놀이로 보낸 셈이다. 그때 일기예보대로 소나기가 내려 캠핑장으로 돌아왔다.

그리고 손자가 사 온 케이크를 꺼내어 촛불을 켜고 생일 축하 노래를 불렀다. 손자가 "할머니 생신 축하해요." 하며 꺼내 놓은 케이크는 오색이었다. 초를 큰 것 8개, 작은 거 1개 갖고 왔는데 내가 만 80이니까 큰 초 8개만 켜자고 했다.

우리 나이로 하면 나이가 더 많은 것 같아 서양식으로 만나이로 하자고 한 것이다. 크크 속 보이는 짓이지.

💬 손자가 사 온 생일 케이크

💬 풍선 침대에 누워 하늘을 보다

손자 덕에 처음 먹어 보는 오색 케이크는 초콜릿 맛, 치즈 맛, 호박 맛, 블루베리 맛, 크림 맛 역시 색색이 맛이 다 달랐다. 맛이 제각각이어서 조금씩 골고루 나누어 먹었다.

오늘 생일날 특별한 케이크를 먹게 되어 기뻤다.

💬 조개와 새우 숯불구이

그리고 아들이 준비해 온 수박과 내가 가져간 치악산 복숭아를 후식으로 먹으니 아들의 피크닉 이벤트로 아주 만족한 하루를 보내게

되어 감동하였다.

실은 나의 팔순 잔치를 두 아들과 손자 다 모여야 하는데, 코로나가 심각한 4단계가 계속되어 큰아들 손자와 오늘 지내고 내일은 작은아들 손자와 함께 점심을 먹기로 했다.

게다가 작은아들이 오기엔 너무 멀다. 아들은 어쩌면 하루에 다 만나는 것보다 이틀에 걸쳐 생일 식사를 하는 것도 더 나을 수도 있다고 위로해 주었다.

나는 두 아들네 식구들이 다 함께 모여 즐겼으면 했는데, 시절이 시절인 만큼 어쩔 수 없었다.

어쨌든 오늘 나의 80회 생일은 아주 특별한 하루였다.

5. 추석날 피자 파티

✎ 해마다 맞이하는 추석이지만 올해엔 코로나 속에 만나는 절기로 우리 집에서는 송편을 빚는 대신 아이들이 좋아하는 피자를 만들어 먹기로 해 특별한 추석 나기였다.

큰아들이 요리를 잘해서 가끔 별식을 먹곤 했는데 올 추석엔 아침 일찍 피자 만들 준비를 해 왔다. 잠시 후 작은아들이 집에 들어서자마자 탁자에 미리 반죽해 온 밀가루를 올리고 얇게 눌러 펴서 각종 토핑을 얹어 푸드 드라이어 속에 넣고 단 3분 만에 피자가 만들어져 나왔다.

두 집의 아이들이 환호한다. 역시 아이들은 송편보다 피자가 인기다. 구워 내놓기가 무섭게 동났다. 애들뿐만 아니라 작은아들도 밥 한 숟갈 입에 안 대고 피자로만 배부르도록 맛있게 먹어치웠다.

특히 꿀 찍어 먹는 '고르곤 졸라' 피자는 더 인기였다. 그런데 꿀이 없어 조청을 내놓았더니 외면하고 그냥들 먹었다. 그리하여 애들이 잘 먹고 좋아하는 피자에 관해 알아보기로 했다.

처음 시작은 페르시아 다리우스 황제의 병사들이 방패에다 밀가루 반죽을 붙이고 대추야자와 치즈를 얹어 구워 먹은 것이 피자의 시초라 한다. 후에 올리브 오일과 허브, 꿀, 잣을 얹어 구워 먹으며 나폴리 지방의 토속 음식이 되었다.

로마인들은 바삭거리는 크러스트를 즐기고 나폴리인들은 질척거리는 치즈 크러스트 맛을 즐겼다. 세월이 지나 토마토, 모차렐라 치즈, 바질 잎으로 구성된 피자파이가 등장하였다.

기본적으로 피자는 소스가 발라진 둥근 밀가루 반죽에 치즈 가루가 뿌려진 것을 말하는데, 이 '간단함'이 피자를 세계에서 가장 잘 팔리는 음식으로 만든 비결이라 할 수 있다.

파이 타르토 이탈리아 피자는 PIZZA 언어에서 유래한 가장 인기 있는 토핑이 '페퍼로니'이고 종류로는 고기, 치즈, 야채, 화이트이다. 두꺼운 피자로는 '딥디시'가 있는데 토핑을 많이 얹어 만든다. 피자는 나폴리 초라한 거리의 빈민들 음식으로 태어나 미국에서 가장 대중적인 음식이 되었고, 오늘날에는 세계 도처에서 사랑을 받는 음식이 되었다.

설경 속 대화

눈 쌓인 산을 오른다

나무야 춥지?

나보다 새가 더 추울 거야

새가 말했다

나는 날아다녀서 덜 추워

골짜기 냇물이 얼어 더 추울 거야

난 얼음 밑으로 흐르니까 괜찮아

바위가 제자리 지키노라 추울 거야

바위가 말했다

난 낮에 햇볕을 받아

거뜬히 추위를 이겨낼 수 있어

나무, 새, 냇물, 바위가

일제히 외쳤다

북풍이 제일 추울 거야

바람이 말했다

미안해 이제 내가 북으로 떠나면

이 산에 봄이 올 거야

그럼 모두 잘들 지내

겨울 산이 기지개를 켜자

봄바람이 불어왔다

제7장

황혼의 로맨스

1. 잉꼬부부의 사별

✎ 고령이라도 부부 사이가 좋으면 주위 사람들이 부러워한다. 같이 손잡고 산책을 하는 노부부를 보면 너무 행복해 보인다.

나의 고교 동창의 오래전 얘기가 생각난다.

그 친구 시댁이 경북 경산 산골 마을인데 시부모님 금슬이 너무 좋아 시아버지 장례 치르다가 시어머니도 돌아가셔서 함께 장례를 치렀다고 했다. 시아버지 산에 묻고 와서 삼우제 지내는 날 시어머니가 돌아가시어 그대로 시아버지 산소에 합장하게 되었다고 한다.

이런 경우 얼마나 이상적인 장례식인가?

부부가 거의 같은 날이나 비슷한 날 떠난다면 최상의 인연일 것이다. 얼마나 서로 사랑을 하면 죽을 때도 같이 죽을 수 있을까, 진정 최고의 연인이다.

세상의 금실 좋은 부부가 모두 바라는 죽음은 같이 죽는 것일 게다. 그러나 그게 마음대로 되는가?

보통 부부 중 남편이 먼저 죽는 경우가 많다.

나이 들어 혼자가 된 아내는 자신의 반쪽을 잃은 듯 깊고 강한 슬픔에 빠진다. 이때 슬픔을 억눌러서는 안 되지만 너무 슬퍼 마음의 문을 닫아 버려도 안 된다. 배우자를 잃었으니 맘껏 통곡하고 충분히 슬퍼하는 게 당연하겠지만, 어느 정도 시간이 흐르면 마음을 다자고 남은 시간을 살아 내야 한다.

내가 운동하러 다니는 곳에서 만난 70대 중반 남자는 몇 해 전 사랑하던 부인이 죽어 혼자가 되었는데, 같이 죽고 싶어도 그게 맘대로 되냐고 했다. 그리고 지금 당뇨 혈압을 앓고 있는데 언제 죽나, 하고 죽는 날만 기다리고 있다고 한다.

자식 둘이 있는데 한 달에 한 번 연락해서 아버지가 아직도 살아 있나 확인하고 있다고 하며 쓸쓸히 웃었다. 그리고 주변의 친구들이 하나둘 떠나고 있어 허무하다고 했다.

이때 여자는 혼자의 삶을 잘 사는데, 남자는 홀아비 생활을 잘 감당하지 못해 떠난 아내를 붙잡고 늘어지는 경우가 많다.

이럴 때는 친구나 지인, 가족들이 자주 드나들며 관심을 갖고 보살펴야 한다. 아니면 동회에 의뢰하든지 해야 할 것이다.

2. 옛사랑 만나 황혼 결혼

✍ 한 젊은이가 길에서 지갑을 주웠는데 그 안에는 3달러와 오래되어 낡은 편지봉투가 접혀 들어 있었다.

그래서 그 젊은이는 주인을 찾아 줄 단서가 있을까 하고 편지봉투를 보니 다 해어져 발신인 이름만 희미하게 보였다. 편지를 꺼내보니 마이클에게 쓴 한나의 편지였다.

아름답고 슬픈 내용이었다. 60년 전에 쓴 편지로 "언제나 사랑해요!"라 끝맺어 있었다. 그리하여 이 젊은이는 발신인 한나의 연락처를 알기 위해 전화국 교환원한테 같은 이름의 주소를 알려 달라고 했더니, 본인한테 물어보고 알려 주겠다고 하더니 곧바로 주소를 알려 주었다.

그 젊은이는 한나를 만나러 퇴직자 아파트로 가서 간호사의 안내로 3층에 올라가 TV를 보고 있는 그녀를 만날 수 있었다. 한나에게 그 편지를 보여 주니 반가워하며 사연을 이야기했다.

당시엔 16살이어서 어머니의 만류로 더 이상 만날 수 없었고, 그 편지가 마지막 편지였다고 했다. 그러면서 지금까지 마이클을 그리며 혼자 살아왔다고 했다.

그리고 아직도 마이클을 사랑하고 있다고 했다. 소녀 시절 사랑을 이루지 못한 슬픔을 추억으로 간직하고 있는 듯하였다. 젊은이는 안쓰러운 마음으로 한나를 등지고 나왔다. 그때 직원이 다가와 한나와의 만남을 물어볼 때 지갑을 꺼냈더니 그 지갑은 8층에 사는 골드 스테인 거라고 했다.

그래서 젊은이는 반가워서 간호사를 앞세워 책을 읽고 있는 마이클 앞에 섰다. 간호사가 골드 스테인 씨한테 "이 지갑 잃어버렸지요? 여기 신사분이 주워 왔어요." 하니 고맙다기에 지갑 속 편지 얘기를 하니까 슬픔에 잠겼다.

"우린 그때 어렸지만 서로 많이 사랑했어요. 그래서 사랑하는 한나를 생각하며 결혼도 안 하고 혼자 살아왔어요."

그러자 젊은이는 기쁜 마음을 누를 길 없어 마이클을 안내하여 3층 한나에게로 갔다.

마주 보고 놀란 두 사람의 극적인 포옹은 60여 년 만의 재회였다. 정말 사랑은 아름답고 영원하였다.

마이클은 한나만을, 한나는 마이클만을 일평생 생각하고 사랑하며 살아온 것이었다. 그런데 이런 사랑이 정말 존재할까? 희망 사항이겠지. 그러나 실화여서 그로부터 3주 후에 당시의 79세 마이클과 76세의 한나가 결혼한다고 젊은이한테 연락이 왔다.

옛사랑을 찾아 주어 제2의 인생을 행복하게 살게 해 준 은인에게 당연한 초청이었다.

그야말로 옛사랑을 만나 황혼 결혼을 하게 된 것이었다.

3. 하늘 길 동행 『노트북』

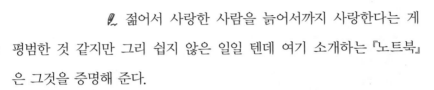

     🖋 젊어서 사랑한 사람을 늙어서까지 사랑한다는 게 평범한 것 같지만 그리 쉽지 않은 일일 텐데 여기 소개하는 『노트북』은 그것을 증명해 준다.

더구나 치매로 과거를 잊어버린 아내를 위해 헌신하는 모습은 진정 지고지순한 남녀의 사랑을 그려 놓았다. 쉽게 변하는 현대인의 사랑에 각성제 역할을 해 주는 것 같다.

줄거리

요양원에 있는 한 노인 듀크가 동료 여자 환자에게 로맨틱한 이야기를 노트에서 읽어 준다.

1940년 사우스캐롤라이나 시브룩 섬의 가난한 목재소 노동자인 청년 노아는 섬으로 휴가를 온 17세의 상속녀 앨리슨 앨리 해밀턴을 축제에서 보고 한눈에 반해 쫓아다닌다. 그리고 몇 주간 데이트를 하고 앨리의 부모를 만나게 되는데, 사회적 계급 때문에 앨리의 부모에게 거절을 당한다.

그리고 앨리는 부모에게 붙들려 떠나가고, 노아는 아픈 가슴을 쓸어

내며 떠나간 앨리를 그리워했다.

그 후 1년 동안 매일 편지를 썼지만 앨리의 어머니가 가로채 앨리는 편지 온 것을 모르게 몇 해가 지나갔다.

결국, 노아는 편지 쓰기를 포기하고 친구 핀과 함께 2차 세계대전에 참전한다. 이럴 즈음 앨리는 야전 병원에서 부상당한 병사들을 간호사 보좌관으로 자원봉사하다가 론 하몬드 주니어를 만나 연애를 하게 된다.

앨리는 론과 몇 해 사귀다가 약혼을 하게 되는데 신부 대기실에서 새집을 짓고 그 앞에서 사진을 찍은 노아의 모습이 신문에 나 있는 것을 보게 된다. 그리고 앨리와 연애할 때 말하던 설계대로 지은 집이 완성된 것을 보고 깜짝 놀란다.

앨리는 노아에 대한 추억과 아직 마음속에 남아 있는 그에 대한 감정이 벅차올라 노아를 찾아간다. 그때 앨리 어머니가 찾아와 노아가 보낸 1년간의 편지 꾸러미를 전해 준다.

그러자 앨리는 약혼자 론에게 사실을 말하고 노아에게 돌아온다.

요양원의 나이 든 여자 환자는 치매에 걸린 앨리였고, 그녀에게 책을 읽어 주는 노인 듀크는 그녀의 남편 노아였다.

몇 해 전 치매 초기 단계일 때 앨리는 노아에게 자기가 심해지면 과거 회상하는 걸 도와달라며 노트에 쓴 일기장을 주었던 것이다.

하루는 일기를 읽어 주자 노아를 잠시 기억해 내더니 5분을 넘기지 못한다. 그래서 둘이 포옹하고 있다가 앨리가 금방 공황상태에 빠지고 노아는 심장마비로 병실로 옮겨지고 병원 안이 바삐 돌아간다.

그러다가 자정이 되어 깨어난 노아가 앨리의 방을 찾았는데 앨리가 노아를 기억해 내자 서로 키스한다. 그리고 노아는 앨리에게 사랑으로 함께하면 뭐든지 할 수 있다고 안심시키고 손을 꼭 잡고 잠이 든다.

노아가 앨리에게 내일 다시 만나자고 말한 다음 날 간호사가 둘이 손을 꼭 잡은 채 한 침대에서 잠들어 죽은 모습을 발견한다.

노아와 앨리는 하늘 여행길에 아름다운 동행을 하게 되었다.

4. 추억 속 연인(남과 여)

✎ 얼마 전 온 세계를 사랑으로 물들인 프랑스 영화 「남과 여」그 후 3편 재방송을 보았다.

클로드 를루슈 감독의 반세기를 뛰어넘은 기적 같은 만남 이야기. 「여전히 찬란한 남과 여」였다.

내가 1980년대에 아름다운 로맨스 영화로 본 적이 있는데, 오랜 세월이 흐르고 그야말로 반세기가 지나 다시 보는 영화였다.

작은 서점을 운영하며 평범한 나날을 보내던 안느는 어느 날 기억 속에 묻어 두었던 지난날의 사랑 '장 루이' 소식을 듣게 된다. 세계적인 레이서로 명성을 떨쳤던 그가 지금 치매로 기억 속을 헤매고 있다는 사실에 놀라게 된다.

그리고 그가 유일하게 기억하는 사람은 안느 자신이라는 전언에 고민 끝에 그를 찾아간다.

반세기만에 마주한 두 사람, 그러나 루이는 그녀를 알아보지 못한 채 예전에 사랑했던 여자 이야기를 시작한다.

루이는 어느 순간 잠깐씩 안느를 알아보긴 하지만 온전치가 못하다. 안느는 계속 요양원을 찾아 루이와 추억을 되새기며 함께 시간을 보낸다.

여기까지 보자 옛날 처음 영화 마지막 장면 바닷가에서 루이와 안느가 산책을 하고 그 곁에 어린 시절의 루이의 아들과 안느의 딸이 뛰어놀고 있던 장면이 떠올랐다.

첫 영화에서 장 루이 트랜트와 아누크 에메 주연의 작품은 한 남자와 여자가 우연히 아이들의 학교에서 학부모로 만나 각자 사별한 배우자에 대한 기억으로 쉽지 않은 연애를 한다.

결국, 안느가 죽은 남편을 잊지 못해 헤어지려 하지만 둘은 기차역에서 다시 만나 서로의 품으로 뛰어들어 재결합하게 된다.

그런데 어쩌다 다시 헤어지게 되어 반세기 만에 다시 요양원에서 만난 '남과 여', 모든 것이 변했지만, 사랑의 기억은 변하지 않았다.

너무 오래전에 본 영화라 젊은 시절 장면이 삽입될 때마다 새롭게 느껴진다. 열렬히 연애했어도 헤어지는 경우가 허다하다. 루이가 치매로 흐려진 기억을 살려내 추억 속의 그녀를 또렷하게 기억해 내는 모습에 지극히 아름다운 진짜 사랑을 느꼈다.

안느가 "날 기억해 냈어?"라고 하자, 루이는 말했다.

"다른 것은 다 잊어도 당신 눈빛만은 못 잊지."

"요양원 지낼 만해?"

"죽기 기다리는 곳이야, 두려워."

"아들 있어?"

"아들이 있으면 날 요양원에 보냈겠냐?"

그러나 루이한테는 효자 아들이 있다. 안느를 찾아 아버지를 부탁한 것도 아들이 주선한 것이었다.

온전치 않은 정신에도 평생 가슴에 안고 사랑해온 여인을 여전히 사랑하고 있는 남자, 루이.

"죽음은 삶에 대한 대가야."

오래전 영화라 장면 기억은 흐릿한데 영화 전편에 흐르는 음악만은 아직도 귀에 남아 있다. 프랑수아레의 음악이란다.

첫 음만 시작되면 아, 「남과 여」 이미지가 떠오른다.

마지막 영화는 루이와 안느의 황혼의 로맨스로 기억된다.

제8장

추억의 그늘

1. 올드 팝송 노천카페

얼마 전 큰아들과 남양주 '물의 정원'엘 다녀오면서 저녁을 먹으러 추어탕 식당으로 들어갔다. 언젠가 팔당역 근처에서 먹을 때보다 깨끗했고, 가마솥 밥이라 신선하고 깔끔하였다.

게다가 밥을 먹고 나서 밖에 나오자 처마 밑에 의자들이 놓여 있고 음악이 흘러나왔다. 식당 벽이 흙으로 되어 있는 토담 벽에 기대어 아들과 나란히 앉아 올드 팝송을 들으며 차를 마시고 있으니 팝송 들으며 놀던 젊은 시절 생각이 났다.

그러다가 큰아들이 며칠 전 젊은이들의 문학 서클인 '브런치'에 등단한 것을 축하하며 큰아들의 『그래도 청춘이다』 작품 내용을 생각했다. "나도 대학 2학년 때부터 알바를 했는데, 너도 그렇고 요한이도 그러고 있구나." 하며 알바를 대물림하는 게 어째 내 탓인 거 같아 미안하였다.

그러자 나의 대학 시절 직장생활에 관해 알고 싶어 했다.

그리하여 여태껏 내 안에만 숨겨두었던 얘기를 꺼내었다.

"내가 대학 2학년 때 4·19 혁명이 일어났고 그해 9월 소년 H일보

편집국에 입사해서 오전엔 학교 가서 공부하고 오후에 회사에 나와 일을 배워서 정식 기자로 2년 활동을 했지. 그리고 4학년 2학기에 본지 편집국으로 올라가 조사부에서 일할 때 미국 케네디 대통령 총격 사건이 일어나 스크랩을 했던 기억이 나네." 노천카페의 팝송이 거리로 퍼져나갔다.

"그 후 문화부 취재기자로 워커일 개관 기념 취재와 남산 케이블카 시승 취재를 한 바 있고, 박정희 대통령 시절 육영수 여사의 초청을 받아 여기자 모임에서 청와대를 방문하기도 했지. 그땐 꽤 잘나가던 커리어우먼이었지."

"그런데 왜 신문사를 그만두고 일본 유학을 갔어요? 그렇게 잘 나가던 직장을 그만두지 말았어야 했어요."

이렇게 아들이 물어오고 나무라고 항의하는데, 나는 한마디로 답해줄 수가 없었다. 그러나 이제 더 이상 나의 부끄러운 기억을 숨기고 묻어 둘 수는 없겠다 싶어 이 글을 쓴다.

2. 첫사랑 회상

🖊 여고 시절이 끝나고 대학생이 되어 해방된 기분에 명동 거리 구경을 나왔다. 당시엔 젊은이들의 중심 거리가 명동이었기에 졸업 입학 시즌에는 항상 북적거렸다.

마침 거리에서 고교 남자 동창들을 만났는데, 동네 친구들과 함께였다. 나는 학교 다닐 때 남자친구들과는 잘 어울리지 않아 모르는데, 그중에 규율부장은 교문에서 자주 보아 안면이 있어 서로 아는 체를 하였다. 그때 그 친구는 내가 혼자인 걸 알고 명동 입구에 있는 빵집 '케익파라'로 들어가면서 같이 들어가자고 이끌었다.

당시엔 학생들이 다방엘 다니지 않고 빵집에 모여들 놀 때였다. 그래서 나는 일행이 없고 또 호기심도 나서 따라 들어갔다. 그런데 일행 중에 J 대학 교육학과 B라고 자기소개를 하며 다가온 친구가 있었다. 거기 모인 친구들한테 나를 찍었다고 선언하고, 그날 이후 주말이면 데이트하자고 연락이 왔다.

그야말로 첫눈에 반했다고 하면서 달려든 것이었다. 나 역시 눈이 크고 건강미가 넘치는 대학생이니 만나도 되겠다 싶어 연애를 시작하였다.

B의 집이 남대문 근방이라 명동도 가깝고 해서 이제 대학생이 되었

으니 동네 다방에서 만나 게임도 하고 토론도 하고 성냥 탑 쌓기 놀이도 하며 즐거운 시간을 보냈다.

대학 2학년 4·19 때도 거리에서 쫓겨 남대문 음악다방으로 들어가 함께 지냈고, 그해 여름 B는 군대를 가게 되었다.

그리고 그해 겨울 화상을 입어 일선 부대를 찾아가 상관인 대령을 만나 특별 휴가를 청해 집에까지 데리고 나오기까지 했는데, 내가 대학 4학년 여름, 그러니까 B의 제대 마지막 해 여름에 커다란 사건이 터져 헤어지게 되었다.

군대 제대를 앞두고는 부대 앞에 하숙해도 좋을 정도로 자유로웠던 모양이었다. 여름 한 달을 나의 고교 동창인 H가 초등학교 방학을 이용해 B 부대 옆에 방을 얻어 같이 동거를 했다는 소식을 들었던 것이다.

가을이 되어 그 소식을 듣고 제대하고 나온 B에게 절교 선언을 하였다. 당시엔 부대생활이 너무 힘들어 한 달이라도 편하게 지내고 싶었겠지 이해는 하면서도 용서가 안 되었다.

B가 무슨 변명을 늘어놓아도 다시 예전같이 될 수는 없었다.

사랑의 배신감이 밀려와 마음이 많이 괴롭고 힘들었다.

그래도 직장생활에 파묻혀 지내다 보니 몇 달이 지나 실연의 아픔도 가시게 되고 다시 친구들을 만나게 되었다. 그때 만난 친구는 여고 시절 교회에서 만난 친구인데, 그 친구 다니는 연세대 졸업식에서

ROTC 소위로 임관할 때 나를 파트너로 초대하여 다시 만나게 된 것이었다.

당시 졸업식을 노천운동장에서 거행되었는데 ROTC 후배들이 검으로 아치를 만들어주고 그 아치 밑으로 졸업생과 파트너가 손잡고 통과하는 것으로 끝이 났다. 그리고 손잡고 포크댄스를 추었던 기억이 난다.

그 친구는 아직도 남자친구로 지낸다.

졸업 파티 때 참석한 여성 파트너들은 모두 성장을 하고 한껏 멋을 내고 나왔는데, 나는 순진하게도 대학교 교복을 입고 참석해 두고두고 미안해하였다. 그래도 그 친구는 외모에 신경을 쓰지 않아 괜찮다고 위로해 주었다. 참 좋은 친구다.

그 친구 졸업 후엔 일선 부대로 소위 노릇을 하러 떠났다.

그 후로 내가 가끔 신문을 부대로 보내준 기억이 난다.

3. 형 부(관심, 낚시, 애정, 죽음)

1) 관 심

내가 대학 2학년 4·19 사태 이후 9월에 형부가 고위 간부로 근무하는 H 일보 어린이신문사 견습생으로 들어가게 되었다.

학교 등록금은 언니가 해 주지만 용돈은 내가 벌어야 했기 때문에 형부한테 아르바이트를 원했던 것이었다.

물론 형부의 입김으로 들어갔지만, 먼저 교열부에 가서 교정 보는 일을 열심히 배웠다. 그리고 간단한 취재와 편집도 배웠다. 그런데 회사에 들어간 지 1년쯤 되었을 때 오빠의 사업이 부도가 나서 나는 어쩔 수 없이 언니 집에 들어가 살게 되었다.

언니 집이 삼청동이었는데 아침엔 효자동에 가서 전차를 타고 학교엘 가고 점심때에 신문사 편집실에 와서 알바를 하고 가끔 퇴근 시간이 맞으면 형부와 걸어서 퇴근하였다.

나와 형부는 20살 가까이 차이가 나서 큰오빠처럼 나를 돌보아 주었다. 게다가 외아들이라 안사돈(형부 어머니)을 모시고 살았는데 처제인 내가 불편해할까 봐 신경을 많이 써 주었다. 동생이 없었던 형부는 친동생처럼 귀여워해 주었다.

밤 9시 통행금지 시간을 정해 놓고 내가 친구들이랑 밤에 돌아다니는 걸 못하게 하려고 형부 자신도 되도록 9시 이전에 귀가하려고 노력하였다. 이렇게 언니가 샘이 나도록 나를 보살펴 주었다. 그리고 대학 졸업식 때는 그 바쁜 중에도 형부가 언니와 조카를 앞세우고 참석해 주어 너무 기뻤다.

2) 낚 시

형부의 취미는 낚시 다니는 것이었다.

낚시는 정서적으로 즐거움을 주는 호르몬을 자극하여 일상에서 쌓였던 스트레스를 확 날려버리고 세상사 모든 일을 순조롭게 해 준다. 그리하여 자연 속에서 신선놀음하듯 세월을 낚는 강태공의 즐거움을 맛볼 수 있다. 낚시는 호수 속에서 솟아 나온 찌를 집중적으로 바라보는 관찰력이다.

내가 낚시의 맛을 알게 된 계기는 형부 때문이었다. 20대 처녀 시절 언니 집에 얹혀살게 되었는데, 형부가 낚시를 좋아해서 주말이면 거의 낚시를 다녔다. 그리고 절기마다 회사 내 낚시 대회를 열기도 하였다.

내가 대학 4학년 2학기 때 소년 H 일보에서 본지 편집국 조사부로 부서를 옮기게 되니, 자연스레 형부 낚시 가는 데 동행을 하게 되었다.

사내 대회가 있는 날이면 새벽 4시에 일어나 여대 1학년 조카를 깨워 눈을 비비며 형부를 따라나섰다.

그렇게 회사에 도착하면 관광버스가 기다리고 있어 올라타고 수원 신갈저수지로 향했다.

어떤 때는 집에서 가까운 건국대학교 저수지로 갈 때도 있었다. 지금은 번화가이지만 60년대엔 서울 변두리였다.

신갈이든 건국대이든 낚시를 가서 장소가 마땅한 곳에 낚싯대를 드리우고 접이식 깔개를 펴고 앉아 숨죽이고 응시하고 있으면 된다. 그러고 나서 낚싯대 끝에 있는 찌가 물 위로 떠오르는지 관찰하는 데에 집중력을 발휘해야 한다.

처음엔 멀찍이 앉아서 낚싯줄 만지고 있는 형부한테 일일이 지렁이를 찌에 끼워 달라고 했는데, 나중에는 내가 직접 흙 속에 숨어 있는 지렁이를 꺼내 손으로 만지고 찌에 끼워 넣고 낚시를 할 정도로 장족의 발전을 하였다.

어느 날 나의 찌가 흔들려 들어 올렸더니 묵직하였다.

"잡았어요." 기뻐 소리를 질렀더니 모두 달려와 거들어 주었다. 팔뚝만 한 붕어가 따라 올라왔다.

"와아, 눈먼 물고기네." 하며 모두가 웃으며 놀렸다. 이때 "한 자가 넘으니 대어네." 하고 형부가 활짝 웃었다.

앉아서 두어 시간 지렁이와 씨름하다가 대어를 낚게 되어 기뻐서 흥분되었다. 이런 맛에 사람들이 낚시를 하는구나!

나는 덩달아 따라다녔지만, 낚시는 형부의 유일한 취미생활이었다. 회사 중역이라 골머리 썩는 게 많았고 사회생활이 힘들 때 재충전의 과정도 낚시였다.

3) 애 정

대학을 졸업한 후에 형부의 나에 관한 관심과 애정이 언니의 눈에 거슬렸던지 다시 나를 오빠 집으로 보내려고 했다. 그래서 나는 회사의 싱글 선배가 사는 명동 YMCA 숙소로 거처를 옮겼다. 명동 성당 근처라 밤이면 산책을 성당 뜨락으로 나와 하늘의 별들과 대화를 하고 또 마리아상 앞에서 기도하며 밤 시간을 보내었다.

그리고 회사에 다니면서도 형부와 마주치지 않으려 노력하였다. 가끔 멀찍이서 보더라도 나의 일만 하고 퇴근하였다. 언니의 심기를 더 이상 불편하게 하고 싶지 않아서였다.

그리고 여러 달이 지났다.

그러던 어느 날 밤 형부가 성당 입구에 와 있다고 연락이 왔다. 오랜만에 만나는 거라 기뻐서 뛰어나갔다.

형부는 술을 약간 마시고 온 듯하였다. 마치 헤어진 연인이 만난 것처럼 형부와 나는 나란히 걸었다.

걸어서 내가 늘 기도하던 성모상 앞에 왔을 때 형부가 나를 와락 껴

안았다. 느닷없는 형부의 행동에 그동안 나는 형부를 존경하고 사랑했지만, 언니에게 죄짓는 것이라 생각하고 피해 왔는데 오늘은 그 감정이 무너졌다. 나도 형부의 행동에 호응하고 힘껏 껴안았다.

형부는 오랫동안 부둥켜안고 있다가 풀어주면서 한국을 떠나라는 것이었다. 일본 지사 동경지사장한테 부탁해 놨으니 그곳에 가서 알바를 하면서 하고 싶은 공부를 해 보라고 하였다. 눈에서 멀면 마음에서도 멀어질 거라 생각하며 언니가 형부한테 내린 엄명이었다.

결국, 언니는 나와 형부 사이를 갈라놓기 위해서 나를 타국으로 보내기로 한 것이었다.

그런데 내가 낯선 곳에서 환경에 적응하고 있는 동안 형부는 마음의 병을 앓았고, 또 몸의 병도 얻어 대장암이란 몹쓸 병과 싸우다가 1년 만에 세상을 떠나고 말았다.

4) 죽 음

요즘 같으면 의학이 발달하여 대장암 정도는 고칠 수 있었을 텐데, 우리나라 1960년대의 의학 수준으로는 아무리 서울대 병원이라도 고칠 수 없었다. 당시에는 무조건 암 병에 걸리면 불치병으로 인정하였다. 형부가 중병으로 회사에 사표를 내자 동경지사장은 더 이상 나를 돌봐 줄 수 없다고 했다. 그래서 나는 짐을 싸 들고 귀국하여 큰언니를 따라 산 기도를 다니며 형부를 살려 달라고 매달렸다.

그러나 형부는 큰 수술을 받고 몸 밖으로 소변 통을 달고 다녔지만, 결국에 회복되지 못하고 추운 겨울에 40대 중반의 나이로 세상을 떠나 하늘로 갔다. 그래도 큰언니의 전도로 온 가족이 구원을 받아 위로를 받았고, 형부 역시 구원을 받아 떠나서 다행이었다.

형부의 죽음은 나에게 참회의 나날을 보내게 하였다. 아니 언니한테 속죄하는 마음으로 살았다. 나 때문에 형부가 죽었다고 회개를 하면서도 위에 계신 분께 항의하였다.

예수님도 마르다와 마리아를 사랑했지요. 나의 형부는 처제를 사랑한 죄로 젊은 나이에 하늘로 데려가셨나요?

주홍 글씨

수많은 만장이 펄럭이는 상여 뒤를
타박타박 눈물을 삼키며 따라갔다
오열하는 언니를 바라보며
어린 조카 손을 잡고
무덤덤하게 몽유병자처럼 걸었다

언젠가 나를 그윽이 바라보며
「동백 아가씨」를 부르게 했던

그의 고독해 보이던 모습이

낚시터에서 대어를 낚은 나에게

환하게 웃어주던 그 모습이

눈물범벅이 된 눈앞에 어른거린다

비 내리는 어느 날 밤

명동 성당 마리아상 앞에서

힘껏 포옹해 주었던 그 날 이후

봉긋이 솟아오른 젖가슴 누르며

나는 형부를 흠모하였다

사랑해선 안 될 사람을

사랑한다는 것은

차라리 고통이었다

끝내 그는 가슴앓이를 하였고

몸도 마음도 사위어 갔다.

이제 그의 마지막 길을 배웅하고 있다

나, 평생 주홍글씨를

가슴에 안고 살아야 하나

그런데 혼자가 된 언니

내 안의 주홍글씨를 지워 주었다

그러나

언니가 형부 따라간 지 오래인데

아직도 나

주홍 글씨 그늘에 살고 있다

제9장

세계를 보다

1. 아프가니스탄(탈레반)

✎ 요즘 해외 뉴스는 아프가니스탄 난민 이야기가 화제다. 20년이나 주둔하였던 미군이 철수하고 물러서니 반정부군 탈레반이 며칠 만에 대통령 궁을 장악하였다. 가니 대통령은 트렁크 4개에 현금을 채워 넣고 비행기로 망명을 가려는데, 현금이 넘쳐 일부는 공항에 남겨 두고 떠났다는 뉴스가 떠돌 정도로 부정부패의 지도자였던 것 같았다.

그의 아들은 미국 대학교수이고 딸은 뉴욕에서 호화생활을 하고 있다고 사진까지 세계 뉴스에 떴다.

한 나라의 대통령이 자기 나라를 지키지 못하고 망명을 떠나는 상황도 기가 막히는데 현금다발을 끌어안고 가다니, 이 얼마나 한심한 지도자인가? 자격이 없는 대통령이 확실하다.

이 나라 국방부 역시 미국의 도움으로 무기를 많이 받았다는데 거의 탈레반 손에 넘어가서 제대로 싸움 한번 못 해 보고 투항을 했다 한다. 군인들이 무기를 모두 탈레반한테 팔아먹었기 때문이 아니겠는가? 그러니 반정부군이 힘이 세어져 나라를 장악하게 된 것이지. 어느 나라나 정부 고위층과 군대가 썩으면 나라는 망하게 되어 있다.

이번의 아프가니스탄 사태를 보면서 1975년 월남전이 떠올랐다. 베트콩의 공격에 밀려 10년간 참전했던 미군이 철수했던 사태와 지금의 아프가니스탄이 똑같아 보인다. 월남전 때 낮에는 베트남 정부, 밤에는 베트콩 정부로 지내며 미국이 보내준 무기를 밤에 활약하는 베트콩한테 팔아넘겨 정작 정부군은 싸울 무기가 없었던 것이었다.

베트남도 고위층의 부정부패로 패망한 것이다.

그런데 이번 아프가니스탄의 경우 여성의 탄압이 더 문제였다. 탈레반 세력은 여성 사회 활동 금지법을 만들고, 부르카를 입지 않은 여인들과 아이들을 거리에서 총살하는 모습의 뉴스가 온 세계를 경악하게 하였다.

오히려 소련의 지배하일 때가 여성의 사회 활동이 활발했었다고 공산주의 시절을 그리워하게까지 하고 있다.

그러나 시대의 변천에 따라 성 평등을 배운 2030 세대 앞에 총구를 들이대나 그들은 꿈쩍도 하지 않고 항거한다.

온몸을 가리는 부르카를 반드시 입고 다녀야 하고, 여성은 사람 취급을 못 받으며 살아야 하는 아프가니스탄 여성들, 신의 뜻에도 어긋난다고 대항하고 있다.

심지어는 알라신을 섬기는 코란의 법도 지키지 않으려는 반군 탈레반의 학정에서 어떻게 살아 내야 할지 여성과 아이들은 세계에 호소하고 있다.

세계는 주목하고 있지만, 어떻게 도울 수 있을지 난감하다.

다행히도 우리나라는 현지에서 한국 일에 종사하던 3백여 명을 특별 기여자로 인정하고 '미라클 작전'을 시행, 군인 특별 수송기로 실어 와 보살펴 주기로 했다 한다.

남의 나라 전쟁이지만 생명을 건져 온 것은 참 잘한 일이다.

무엇보다 여성과 어린이들의 안전을 지켜 주지 않는 탈레반 반정부의 행태가 못마땅하다. 최근 소식에 의하면 탈레반 집권 후 생활이 너무 어려워 어린 딸을 돈 많은 남자에게 팔아넘기는 아버지들이 늘어난다고 한다. 명목은 '조혼'을 시키는 제도가 있어 위법은 아니라지만 세계 인권위원회에서 좀 간섭을 해 여성들의 사회 활동을 인정해 주고 '조혼제도'도 막아주어 어린이들의 앞길을 도와주면 좋겠다.

2. 킬링필드(캄보디아 내전)

    🖋 요즘의 아프가니스탄 사태를 보면서 1973년 캄보디아 내전을 주제로 한 영화「킬링필드」(시체벌판)가 생각났다. 1985년 개봉한 영화인데 마치 사람 목숨을 파리 목숨보다 못하게 여겨 무차별 사살하는 캄보디아 크메르루즈(앙카) 반군과 그걸 취재하러 간 뉴욕 타임즈 특파원, 그리고 현지 기자와의 끈끈한 우정 이야기를 영화로 만들었다. 실화라 더 감명 깊었다.

    1972년 뉴욕 타임즈 특파원 '시드니 쉔버그'는 캄보디아 정부군과 반정부 세력 공산 크메르루즈(폴포트) 간의 치열한 격전지를 취재차 수도 프논펜으로 간다. 거기서 시드니 인생을 바꿔 놓은 한 인물 현지 기자이며 통역관인 '디스 프란'을 만난다. 그리고 그에게서 사랑과 자비를 배운다.

    그때 크메르 섬멸을 위해 미 공군이 니크룸을 잘못 폭격하여많은 민간인 사상자가 발생한 사건을 취재하려고 간 것인데 미국은 자기네 실수를 무마하려고 보도진을 따돌리고 있었다.
    그러자 현지 채용한 통역관 겸 기자 프란의 도움을 받아 현장의 참

혹한 모습을 카메라에 담을 수 있었다.

당시에 반군 지도자 폴 포토는 캄보디아가 프랑스 식민지 시절 독립운동을 했고, 반프랑스 운동에 가담하여 활동한 사람이어서 국민들의 지지를 받고 있었다. 그러나 반미감정이 강했고, 급진 공산주의 체제로 자본주의 세력을 숙청한다고 인구 750만 명 중 약 200만 명을 학살하여 시체들을 허허벌판에 합동으로 매장하여 그 시체 무덤을 '킬링필드'라 불렀다.

반군은 수도 프놈펜을 장악하고 시민들은 두 농촌으로 이주시켜 집단 농장에서 일하게 하였다. 특히 고등교육을 받은 사람들은 자본주의 산물이라고 무조건 숙청하였다.

지금의 아프가니스탄 반군이 당시의 캄보디아 크메르 공산 정권의 길을 따라 하는 것 같다. 종교인, 교수, 운동선수, 의사, 안경 쓴 사람, 얼굴이 흰 사람에 또 부르카를 입지 않은 여성들을 거리에서 총살하고 있으니 말이다.

다시 영화 속에서 시드니와 프란은 정부군과 반군의 격전지에서 취재하다가 상황이 심각해져서 프랑스 대사관으로 몸을 피한다. 그런데 현지인 프란이 여권이 없어 시드니 일행이 만들려고 노력하지만, 사진 현상이 안 되어 결국 프란이 프랑스 대사관 밖으로 쫓겨나게 된다. 그 모습을 보고 있는 시드니의 마음은 고통이었다. 자신의 분신을 두고 가는 느낌이었다. 이렇게 아쉬운 작별을 하고 그 둘이는 헤어졌다.

대사관 밖으로 쫓겨난 프란은 당장 붙잡혀 강제 노동 수용소에서 인간 이하의 노동을 하며 죽지 못해 연명하며 지내고 있다. 거기서도 교육받은 자를 색출해 내어 죽음 앞에 놓였는데 언젠가 프란이 도와준 적이 있는 한 청년의 도움을 받아 구사일생으로 살아 도망을 친다.
겨우 도망을 친 프란은 허허벌판을 헤매다 지쳐 쓰러졌는데 그곳이 시체 무덤이었다. 킬링필드! 마침 그곳을 지나던 그 지역 크메르 반군에게 발견되어 지도자의 집에 머물면서 어린 아들을 돌봐 달라는 부탁을 받게 되고 그곳에서 살게 된다.

한편 프란과 헤어져 미국으로 돌아온 시드니는 프란의 소식을 알고자 계속 수소문을 한다. 미리 피난해 온 아내마저도 남편이 죽었을 거라고 하는데, 시드니는 포기하지 않고 500여 개의 사진과 사연을 프린트하여 국제기관과 세계 언론사와 적십자사, 병원 등으로 보내었다. 그리고 프란이란 친구는 영리해서 꼭 살아 있을 거란 희망의 끈을 놓지 않고 기다린다.

그러던 중 1978년 베트남이 캄보디아를 침공할 때 프란을 구해 준 그 지도자가 어린 아들을 프란에게 맡기고 싸우던 중 전사를 한다. 그래서 어린아이를 안고 피난길을 떠났다.
민간인 두 명과 언덕을 내려오다가 지뢰가 터져 어린애까지 모두 죽고 혼자 남아서 국경을 넘어 태국 입국에 성공한다.

산길에서 내려다보이는 적십자 병원으로 들어가 드디어 자유를 만끽한다. 프란은 거기서 간호조무사 노릇을 하고 있는데 적십자 측에서 시드니가 보낸 사진과 사연을 알게 되어 시드니에게 연락을 한다.

그럴 즈음 뉴욕 타임즈 편집국이 떠들썩하다. 시드니가 프란을 찾았다고 소리치고 태국으로 향한다. 그리고 마지막 장면이 아주 인상적이었다. 태국 적십자 병원 앞길에 택시에서 내린 시드니가 서 있고 아이들이 모여 소리쳐 불러낸 프란이 마주 보며 놀라움과 환희에 찬 모습, 프란이 달려가 시드니의 품에 매달려 안긴다. 감격적인 장면, 정말 참된 우정이었다.

그 후 프란은 뉴욕 타임즈 사진기자로 활약하고 있다.

3. 아프리카를 생각한다(The Power of One)

✎ 오늘 비가 내리는 창밖을 보며 아프리카를 생각하고 있다. TV 화면에 움푹 파인 구덩이에서 구정물을 퍼 담아 머리에 이고 손에 들고 그들의 움막집으로 향하는 청소년들의 모습을 종종 보며 안쓰러워했다.

아프리카 대륙에 비가 내리면 빗물을 받아 저장했다가 마실 수 있을 텐데. 그렇게 여러 날 마실 수 있는 빗물을 받아 놓을 통이 없어서일까! 정부에서 마을마다 공동 식수통을 만들어 빗물을 받아 소독해서 식수로 보급하면 어떨까? 생각해 본다. 먹을 게 없는 것도 문제지만, 우선 마실 물이 없다면 어떻게 생명이 살 수 있겠는가?

'옥스팜' 재단에서 아프리카에 식수 보내기 운동을 하고 있어 나도 미력하나마 동참하고 있다. 아프리카는 왜 이다지도 가난하고 인권이 보장받지 못하는 나라들이 모여 있는가?

아프리카 여러 나라의 위정자들이 원망스럽다. 풍부한 지하자원을 가지고도 백성들을 굶주리게 하다니.

백성들은 먹을 게 없어 기아에 허덕이는데 고위층들은 호화롭게 살고 있단 뉴스를 접할 땐 분노의 감정이 일어난다.

영양실조와 질병에 걸린 백성들을 세계 각국의 원조에만 의지하려는 태도도 보기에 안 좋다.

내가 오래전에 보았던 영화 「The Power of One」이 다시 떠올라 가슴이 아파온다. 이것도 실화여서 심금을 울린다.

1992년 역사의 힘을 바꾼 하나의 힘이란 주제인데 영국 지배하에 있는 땅에서 영국의 한 청년이 원주민 청년과 함께 아프리카의 변화를 위해 투쟁을 한다.

자신의 여자 친구 마리아의 죽음까지 겪으며 아프리카의 인권과 평등, 자유, 행복을 위해 계속 투쟁을 한다.

난 이 영화를 보면서 실화라는 데에 놀랐고, 더욱 믿기지 않는 사실은 그 당시 아프리카 땅에 유색인 전용(아프리카 원주민) 공중수도와 화장실이 200명당 1개였다는 사실에 놀랐다.

신사의 나라 영국의 식민정책이 겨우 그 정도였는가?

그렇다면 급할 때 아무 데서나 배설하게 될 것이고, 그렇게 되면 거리와 나라 안이 더러워질 것이다.

최근에 넬슨 만델라 대통령 시대에는 많이 좋아졌을 것이다. 그러나 아직도 아프리카 여러 나라에서 가난과 질병과 싸우며 마실 물이 없고 먹을 게 없어 허덕이고 있다고 세계 언론에 보도되고 있다.

이 영국 청년이 어렸을 때 수용소에서 만난 원주민 권투 선생에게 배운 것은 '머리로 배우고,' '가슴으로 배운다' 였다.

외톨이 영국 청년이 권투를 배우며 세상을 이해하게 되고 아프리카를 돕고 싶은 마음이 생긴다. 그리하여 권투 선생의 뜻을 받아들여 부족 간 갈등을 겪고 있는 흑인들을 하나로 뭉치게 하는 노래를 만들어 음악회를 개최하게 된다.

그로 인해 부족 간의 갈등이 해소되고 하나의 힘이 폭발된다. 음악의 힘은 대단했다. 노래는 힘든 현실에 위로가 되었으며, 밝은 미래를 꿈꾸게 하는 희망이 되었다.

그러나 많은 흑인들이 희생되었다. 하지만 새 세상이 도래했고, 영국 청년과 원주민 청년이 함께 새로운 아침을 향해 미래로 떠나가는 장면으로 끝이 난다.

하지만 아프리카의 투쟁은 아직도 계속되고 있다.

4. 「미나리」의 윤여정

🖊 제93회 아카데미 여우조연상 수상, 한국 최초의 오스카상을 받아 한국 여성의 위상과 대한민국의 위상을 다시 한 번 세계에 떨치게 하였다.

지난해 봉준호 감독의 「기생충」이 감독상을 받아 동양의 조그만 나라 코리아 이미지를 세계에 널리 알린 바가 있어 더욱 감회가 새롭다.

시상식은 미국 영화 예술 과학 아카데미 주최로 4월 25일 오후 5시 로스앤젤레스 유니언 스테이션에서 개최되었다. 이 소식이 국내 연예계에 알려지면서 온 나라 안이 떠들썩하였다.

코로나로 인해 침체된 국민들 마음에도 일시나마 기쁨의 물결이 출렁였다.

특히 세계적 이목을 끌게 된 것은 주연도 아닌 여우조연상을 타면서 세계의 각국 스타들 가운데 우뚝 일어서 당당하고 솔직하게 수상 소감을 유머러스하게 토해낸 점이었다.

시상식 자리에서 「미나리」의 제작자 브레드 피트가 여우조연상에 「미나리」의 윤여정을 소개하자,

"아, 브레드 피트 드디어 우리 만났네요. 우리가 촬영할 때 어디 있

었나요?" 하며 "제작비가 빠듯하니 좀더 올려 주세요." 하고 웃으며 요구하기도 하였다.

상 타러 올라가 첫마디로 장내 분위기를 웃음의 도가니로 만들었다. 그러면서 당선 소감을 말했다.

"나는 경쟁을 믿지 않는다. 우리는 각기 다른 영화에서 다른 역할로 수상한 것이다. 이번엔 '글렌 클로스'가 탈 줄 알았다."라고 하며 다른 배우에게 영광을 돌리기도 하였다.

그리고 "내가 운이 좋아서 이 자리에 있나 보다."라며 식장 분위기를 띄웠다. 그러면서 "너무 1등 최고만 바라지 말고 '최중'이 되어 잘 살았으면 좋겠다."라고 말끝을 맺었다.

이렇게 윤여정의 재치 있고 겸손한 유머러스 수상 소감에 많은 사람들이 찬사를 보내고 있다. 유창하지는 않지만 격조 있는 영어로 또박또박 수상 소감을 말할 땐 좀 지루하던 장내 분위기를 완전히 축제 분위기로 바꾸어 놓았다.

참 부러운 영어 실력이었다. 1971년 김기영 감독의 「화녀」로 데뷔해 대종 영화상, 청룡 영화상에서 모두 여우주연상을 받아 대성한 배우였다.

그런데 1974년 결혼, 미국으로 가서 13년 살고 이혼하여 1989년 복귀해서 다시 연기의 길을 걷기 시작하였다.

그때 "넌 이혼녀야, 방송에 나와선 안 돼." 이런 눈총을 받으면서 두 아들을 키우기 위해 단역과 조역을 닥치는 대로 하며 다시 실력을 쌓았다. 「사랑과 야망」, 「목욕탕집 남자들」, 「죽여주는 여자」 등에서 파격적인 역할을 맡아 재도전으로 다시 은막 세계에 위상을 떨치게 되었다.

2013년엔 예능프로 「꽃보다 누나」에 도전, 동유럽 여행 에피소드 8부작을 찍었고, 2017년 윤 식당 시리즈 9부작을 찍어 재미있는 해외 인기 작품이 되었다.

내가 즐겨 본 프로인데 「윤 식당 1」은 인도네시아 발리 인근 작은 섬, 길리 섬에서였고 「윤 식당 2」는 스페인 카나리아제도 카라치코에 작은 식당을 열고 외국 관광객들에게 한국 음식을 소개하는 프로였다.

내가 윤여정한테 관심을 갖게 된 것은 남자의 바람으로 이혼하고 두 아들 키운 상황이 나와 비슷해서일지도 모른다.

5. 지구의 몸살(기후의 재앙)

✏️ 최근의 방송에서 「특파원 보고」나 「환경 읽어 드립니다」 프로를 보면서 나처럼 늙은이야 다 살았으니 괜찮지만, 앞으로 우리 자손들이 어떻게 이 지구 위에서 살아남을까 걱정이 된다.

기후의 재앙이 세계를 휩쓸고 있어 놀랍고 두려웠다.

지구의 몸살이 심해져서 지구 위가 난리가 난 것이다. 우리 인류가 잘못해 일어난 사고니 자업자득인 셈이다.

남북극 빙하에 태양열이 반사되어 대기권으로 올라가서 북극곰이나 남극의 펭귄이 얼음 위에서 살아가는데, 지금 그 빙하들이 녹아내려 추운 곳에 살던 동물이 살 수 없고, 지구 위는 기온이 1도 상승하여 생태계에 영향을 주고 있다고 한다.

이처럼 온난화 현상으로 남극 북극의 빙하가 녹아 북극곰이 생존의 위협을 받고 남극의 펭귄이 사라져 간다고 한다.

원래는 1천 년이 지나야 1도 상승하는데, 지구 위의 탄소 열 때문에 1백 년에 1도가 올라 이러한 지구 온난화 현상이 일어나 자연환경에 영향을 주고 있다.

유럽의 산불로 그리스, 터키, 이탈리아가 지도에서 사라질 위기에 처하게 되었다 한다.

동남아는 코로나 사태로 인도네시아, 태국, 베트남, 미얀마의 거리가 환자로 들끓고 있고 의료기관이 부족해 치료의 손이 미치지 못하고 있다 한다.

그런 데다가 미얀마는 내전까지 겹쳐 아이들과 젊은이들이 죽어가고 있고 중동의 아프가니스탄은 탈레반 반정부세력이 나라를 장악하고 있어 무정부 상태라 이유 없이 사람을 총살하고 있다.

중국 어느 지방에는 물난리가 나서 집이나 자동차가 떠다니고 아프리카는 여전히 식수 부족으로 물난리이다.

또 유럽 국가들은 탄소 배출 문제가 심각하다.

기후 위기에 대응하자는 탄소 감축 환경회의를 개최하려 해도 사우디의 석유, 호주의 석탄 수출 등으로 '기후 변화보다 경제가 우선'이라는 프레임 내세워 기후 환경 회의를 보이콧하는 것이다. 그래도 전 세계적으로 전기차 소비가 늘면서 탄소 배출량이 줄어들 거 같아 다행이다.

그러나 환경운동가의 보도에 따르면 아직도 비닐이나 플라스틱 생산을 계속하고 있어서 대기오염이 심해지고 있다고 했다. 제주의 해녀들이 해조 망태기에 해초나 조개 대신에 바닷속 쓰레기를 잔뜩 담아 올리는 것을 보고 정말 심각하다는 것을 느꼈다.

'우리도 이탈리아처럼 비닐이나 플라스틱을 생산하지 말고 종이류로 대신해야 하지 않을까?' 하는 생각이 든다. 관광지 열기구 타는 것도 친환경 에너지를 사용한다고 한다.

기후 변화로 지구 위의 생명체가 멸종위기에 처해 있으니 세계 각국이 여기 동참해서 탄소 배출량 줄이고 비닐이나 플라스틱 생산을 하지 말았으면 좋겠다.
그리하여 저 하늘의 파란색을 언제까지나 보고 싶다.

지금 지구 위는 불 난리, 물 난리, 거기에 전염병 바이러스와의 전쟁, 자연재해와의 전쟁은 물론이고 인간들은 도처에서 테러와의 전쟁으로 정말 아비규환이다.
백신이 없어 죽어가는 가난한 나라에게 백신이 넘쳐나도 맞지 않겠다고 버티는 국민들 때문에 골머리를 앓고 있는 부자 나라들은 그 백신을 빈민 국에 보내주면 좋으련만.

나의 겨울

겨울이 멈칫 섰다

겨울이 더디 와서 좋다

그대로 느릿느릿 오너라

등산길 오후의 햇살이 뜨겁다

재킷을 벗어 배낭에 집어넣었다

아직도 산 중턱에서

둘레 길을 돌고 돌아 시간을 끌다가

따스한 햇볕은 봄이 오는 줄로

착각하게 한다

나 역시 회춘의 꿈을 꾼다

그래서 착각을 한다

까악까악 까마귀가

퍼드덕 날자

정신이 번쩍 들었다

겨울 태양이 산등성이를 넘어간다

나의 겨울은 80 고개를 넘고 있다

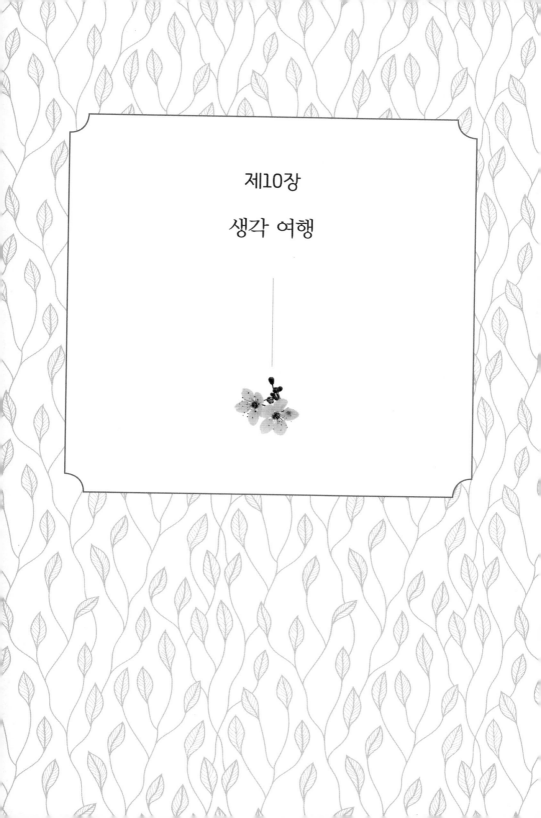

제10장

생각 여행

여행 이야기

정년퇴직 기념으로 네팔의 히말라야 랑탕 계곡과 인도로 배낭 여행을 다녀왔고 그 후 지중해연안 4개국(이집트, 요르단, 시리아, 터키) 배낭 여행도 다녀왔다.

그 뒤로는 10여 년을 패키지 여행으로 해외여행을 다니면서 세계 여러 나라를 둘러보았다. 내 능력으로 가 보고 싶은 곳은 거의 다 가 본 셈이다. 아마 내 또래로는 여행을 많이 다닌 축에 속할 것이다.

몇 해 전에 크루즈 여행도 가려고 신청을 해 놓았으나, 코로나 때문에 가지 못 했는데 세상이 자유로워지면 다녀올 예정이다.

그렇지만 여행에 대한 매력을 버릴 수가 없어 코로나 터널에 갇혀 있는 지금도 여행을 꿈꾼다.

그리하여 그동안 가고 싶어도 나이가 들어 체력이나 경제력 때문에 가지 못 한 곳을 생각으로 떠나 보려 한다.

1. 모로코

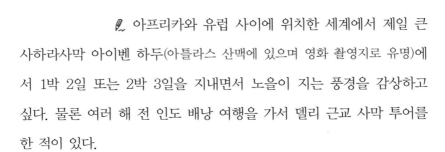

    🖊 아프리카와 유럽 사이에 위치한 세계에서 제일 큰 사하라사막 아이벤 하두(아틀라스 산맥에 있으며 영화 촬영지로 유명)에서 1박 2일 또는 2박 3일을 지내면서 노을이 지는 풍경을 감상하고 싶다. 물론 여러 해 전 인도 배낭 여행을 가서 델리 근교 사막 투어를 한 적이 있다.

하늘과 모래밖에 없는 세상에서 밤을 지냈는데, 너무 좋아서 다시 한 번 사막의 밤을 보고 싶은 것이다.

영화 「모가디슈」를 촬영한 에사우이라 해안이 아름답다. 또 베두인족의 가죽 천연 염색공장 '슈아라탄네리'(유네스코 문화유산)가 있는 페스도 구경할 만한데, 이곳을 관광하려면 입구에서 민트 이파리를 나누어 준단다.

가죽공장이 심한 악취가 나기 때문에 코와 입에 민트 잎을 대고 있든가 씹어야 하기 때문이다. 염색 재료가 비둘기 똥, 소의 오줌, 양귀비와 샤프린 등이라 냄새가 지독하다.

그리고 옛 유대인의 거주지 약국 거리 쉐프샤우엔도 유명한데 여기는 라마단 기간에 외국 관광객에게만 음식을 파는 식당이 있다.

특히 볼만한 곳으로 카사블랑카 모하메드 5세 광장이 있다.

이곳 호텔에 들어가면 TV는 삼성, 에어컨은 LG로 우리나라 가전제품이 점령하고 있다.

1949년 명작 영화 「카사블랑카」를 찍은 거리는 올드 팝송 거리라 불리었다. 또 SBS 「배가본드」의 하산 2세 사원과 영화 「미션 임파서블」 촬영지도 볼 수 있다.

모로코 타히티엔 맥도날도 비치점이 있는데, 유대인 할랄 음식을 판다. 또 아실리 벽화 마을의 노을 지는 풍경은 장관이다.

수도는 라바트인데 왕실 무덤이 있다.

나는 왕년의 명배우 그레이스 켈리가 왕비가 된 나라로 기억하고 있는데 그렇담 이 왕실 무덤에 잠들고 있겠구나 생각이 들었다.

2. 두바이

🌸

✒️ 이제는 세계가 아메리카 드림이 아니라 두바이 드림을 꿈꾸는 사람들로 밤이 깊어도 1분에 1대씩 두바이 국제공항에 비행기가 도착한다. 황량한 사막이던 두바이가 현재는 비즈니스의 도시, 쇼핑의 도시, 면세 도시, 기적의 도시가 된 것이다.

살기에 불편한 사막의 나라가 석유가 터져 산유국이 되면서 세계의 에너지를 충당하는 주요국이 되어 돈방석 위에 앉게 된 것은 역사적으로 얼마 되지 않았다.

두바이는 아랍에미리트의 수도로서 아라비안 연안에 자리 잡고 있으며, 아랍 연합국 7개 토후국 중에 인구가 가장 많다. 그런데 1966년 두바이 동쪽 페르시아 만에서 유전이 발견돼 갑자기 부자나라가 되었다.

그리하여 2천 년 이후 세계 최고층의 건물 '부르즈할리파' 빌딩(163층)과 인공 섬 '팜 아일랜드'를 통해 혁신적인 대규모 도시 건설 프로젝트로 세계의 주목을 받았다.

가스 매장량 세계 4위, 원유 매장량 3위로 사막에 기적을 건설하고 상상이 현실이 되는 나라로 유명해졌다. 안정된 사회 환경에 세금이

적고 외환 거래가 자유롭고 환율 변동도 없다.

　또 인종 차별도 없고 정치도 안정되어 모두가 살고 싶어 하는 꿈같은 이상적인 도시이다.

스키 두바이

　사막에선 상상할 수 없는 스키장이 에머리트 몰에 있다. 쇼핑에 지쳤거나 사막의 후덥지근한 날에 가슴까지 시원한 스키를 탄다.

사막 사파리

　두바이 사막을 가로지르는 낙타 타기, 물 담배, 발리 댄스 등 다양한 체험을 할 수 있다.

두바이 몰

　세계 최대의 쇼핑몰로 영화관, 아이스링크, 아쿠아리움이 있어 하루 종일 구경거리가 있는 건물이다.

　몇 해 전 한 방송국의 「꽃보다 할배」에서 두바이를 소개한 후 중동 지역 관광객이 두바이 관광청 CEO가 프로 진행자 PD에게 감사 인사로 특별상을 수상하기도 했다. 그리하여 부르즈할리파 빌딩 12만 원짜리 124층에 있는 전망대 티켓을 출연진 모두에게 선물하였다고 했다.

　앞으로 또 다른 새로운 모습의 두바이가 기대된다.

3. 예루살렘

✎ 기독교인들의 성지 예루살렘. 지중해성 기후에 팔레스티나 중앙 산악지대라 농사짓기엔 척박한 땅이고 이스라엘 나라의 수도이다.

내가 10여 년 전 지중해 연안 4개국 이집트, 요르단, 시리아, 터키로 배낭 여행을 갔을 때 우리 일행 중에 이스라엘 성지 순례를 다녀온 부부가 있었는데, 시리아 입국을 거절당한 바 있었다. 아랍계 중동 지역 나라들은 이스라엘과 국교 수교가 안 되어 비자 신청이 받아들여지지 않는다고 했다.

그래서 그 부부는 요르단에 사흘을 머물면서 주변 관광을 했다. 그 후 우리 일행이 시리아 관광을 마치고 나와서 합류하여 터키로 갔던 기억이 난다.

하늘의 선민이라 일컫는 유대민족들이 출애굽 이후 가나안 땅에 들어가 유대교 신앙 공동체 히브리 민족이 되었는데, 이때 남부 해안에서 바다의 민족 팔레스타인 사람들이 이주해 왔다. 당시 이스라엘은 청동 무기를 사용했는데, 팔레스타인은 철기 무기를 사용했다. 그들이 성경 속에 나오는 블레셋 사람들이다.

그리하여 두 민족이 같은 땅 가나안에 살게 되었으니 자주 전쟁을 치르게 되었다.

그러므로 다윗시대에 활을 만들어 군사들에게 보급하고 지하수로를 타고 올라가 산악지대에 있는 예루살렘 성을 점령하게 되었다. 그 후 솔로몬 왕은 아버지 다윗이 준비해놓은 자재로 성전을 7년에 걸쳐 건축하여 예루살렘 성전을 완성한다. 그 뒤로 파괴된 것을 두 차례나 복원하지만, 결국엔 모두 파괴되었고 지금은 '통곡의 벽'만 히브리 민족의 성지로 남았다.

그러나 기독교인들에게 예루살렘은 상징적 의미가 있다.

하나님의 도시, 거룩한 도성, 진실한 도성, 다윗 성 등 다양한 이름으로 불리고, 결국은 하늘나라의 새 예루살렘을 바라보고 신앙의 힘으로 나가는 성도들의 믿음의 확신을 뜻한다.

그런데 2천 년이 지난 지금도 구시가지엔 이슬람 성소인 바위 돔과 알 아크사 모스크 사원이 있고 서쪽엔 유대교 성지인 통곡의 벽이 있다.

1948년 아랍과 이스라엘이 전쟁해서 요르단이 동예루살렘을 점령하고 이스라엘은 서예루살렘을 차지했는데, 1967년 다시 전쟁이 일어나 이스라엘이 동예루살렘마저 점령하여 이스라엘의 수도로 삼았으나, 인근 아랍계 국가 사이에 아직도 분쟁이 계속되고 있다.

그리하여 예루살렘은 유대인도 거룩한 기억의 보고로 여기고, 기독교인도 구세주 예수의 고통 현장이라 찾고 이슬람교도 역시 마호메트의 신비한 야간 여행 목적지라 일컬으며, 서로가 성지라 우기며 찾아오고 있다.

그러나 13세 성년 의식을 통곡의 벽에 와서 행하는데, 아직도 남녀 구역이 정해져 있어 엄마 아빠가 다른 곳에서 아들을 바라보며 축하해 주고 있는 모습이 이해가 되지 않는다.

중동지방 신앙관은 이해되지 않는 부분이 많다. 세계 대부분의 나라가 예루살렘을 이스라엘의 수도라 하는데, 아랍국들은 그걸 인정하지 않고 텔아비브를 수도로 인정해 외국 대사관은 대개 그곳에 있다.

그러나 예루살렘에는 수많은 교회와 유대인 유대교 회당이 있다. 그리고 최고의 교육기관 히브리 대학교가 있고 베자렐 예술 아카데미와 하다사 메디컬 센터가 있다. 그 밖에 록펠러 박물관과 이스라엘 박물관, 이슬람 박물관이 있다.

4. 크로아티아

🌸

🖊 며칠 전 '세계 테마 여행(다시 가고 싶은 곳)'을 보다
가 그 비경에 푹 빠져 가 보고 싶은 곳이 또 한 곳 늘어났다.

유럽 발칸반도 서부에 위치한 주변에 헝가리, 세르비아, 슬로베니아,
보스니아, 헤르체코비나 5개국이 인접해 있는 작은 나라, 버나드 쇼가
'아름다운 지상낙원'이라 한 만큼 자연과 도시가 어우러져 멋진 곳이다.

1) 플리트비체 국립공원

영화 「아바타」의 모티브가 된 '요정의 숲'을 돌아보면서 천지창조의
순간들이 폭포를 따라 펼쳐지는 느낌이 들었다.

찬란한 요정의 숲도 병풍처럼 펼쳐진 폭포수도 신비한 풍경을 그려
내고 있다. 골짜기 아래로는 송어 양식장이 있어 크로아티아 와인에
담백한 송어 요리를 먹을 수 있다.

그리고 산마을 축제 '신스키알카'에서는 경마대회와 여름 마상 대회
가 열린다.

특히 이모트스키의 눈동자 신비의 싱크홀이 있다.

– 레드 레이크: 암벽이 붉은색이라 붉은 호수

– 블루 레이크: 코발트색의 파란색 호수라 불린다.

그러나 가을이 되면 물이 말라 축구장으로 바뀐다.

2) 두브로브니크

크로아티아 최남단에 있는 도시로 아드리아 해의 진주라 불리는 환상적인 풍경을 자랑한다. 중세에는 중요한 무역항이었고 베네치아 공화국의 지배를 받았다.

1358년 '라구사'라는 도시국가로 무역과 외교정책으로 독립했으나 1667년 지진으로 무너지고 1808년 나폴레옹의 점령을 받는다. 그 후 2차 세계대전 때 유고슬라비아 연방 공화국으로 편입되었다가 1991년 유고 내전 끝나고 크로아티아 영토가 되었다.

절벽의 해안도로를 달려가서 성벽에 둘러싸인 스톤마을에 가면 배를 타고 굴 양식장 말리스톤엘 가 볼 수가 있다.

거기서 조금 더 가면 구 시가지를 보게 되는데, 중세 분위기가 풍기는 그곳에서 케이블카를 타고 내려다보는 풍경은 가히 버나드 쇼의 말대로 지상 낙원이라 아니할 수 없이 아름답다.

시가지의 모든 지붕은 붉은색으로 되어 있고 각자 '버기카'를 타고 산간지역을 골고루 구경할 수가 있다.

평화와 행복을 동시에 느낄 수 있는 곳, 아드리아 해안에서 지는 태양을 바라보는 일은 얼마나 멋지고 낭만적인가!

3) 자그레브

크로아티아 수도로 주변의 유럽 국가와 기차, 버스로 쉽게 연결되고 서유럽과 동유럽을 통과하는 철도 중심에 있어 교통의 요지이다. 또 구시가지와 신시가지가 잘 조화되고 유고슬라비아 연방으로부터 혹독한 독립전쟁을 치렀음에도 구시가지가 잘 보존되어 있음이 특별하다.

특히 그다데츠와 캅돌 언덕에 걸쳐 형성된 구시가지는 관광객들의 눈길을 사로잡아 인기가 높다.

그리하여 대부분의 유럽 도시에서처럼 자그레브 역시 중세 유럽 도시의 매력을 충분히 느낄 수 있다.

4) 자다르

아드리 해의 선물로 불리는 자다르는 로마 시대 유적이 남아 있는 유서 깊은 곳이다. 광장에는 로마 시대 수치심의 기둥(죄인 형벌)이 세워져 있어 어두운 중세 역사를 보여 준다.

또 노을이 지고 나면 비로소 화려한 불빛이 펼쳐지는 '해맞이 광장' 그 바닥은 밤이면 빛을 발한다. 낮에 태양열을 저장했다가 밤에 뿜어내는 것이다. 거기에 '바다 오르간'이 있어 파도가 칠 때마다 소리를 내어 파도가 연주하는 오르간이라 한다.

해안 도시 소플리트 어시장에서는 활기찬 어민들의 삶도 재래시장 구경도 할 수 있다.

그리고 여유와 낭만이 넘치는 아름다운 태양의 섬(흐바르)에 동굴이 있는데, 영롱한 보석처럼 빛나는 블루 케이브(푸른 보석 동굴) 투어를 하며 신비한 빛을 감상할 수 있다.

이처럼 크로아티아 최고의 해변 즐라티니 해변에서 아드리아 해의 푸른 유혹을 느껴본다.

지구 위의 대양을 누비며 파도 넘실거리는 바다 구경을 실컷 했지만, 크로아티아의 아드리아 해변은 정말 지상낙원이라 할 수 있을 만큼 아름다웠다. 하늘에 가서도 생각 날 만큼 신비하고 황홀하였다.

부 록

성악 가수 김호중의 자서전
『트바로티』를 읽고

💬 김호중 입상 앞에서

💬 김천예고 들어서면 트바로티 집이 눈에 들어온다

1. 공주는 잠 못 이루고(Nessun Dorma)

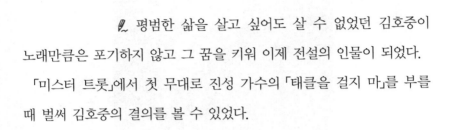

     ✎ 평범한 삶을 살고 싶어도 살 수 없었던 김호중이 노래만큼은 포기하지 않고 그 꿈을 키워 이제 전설의 인물이 되었다. 「미스터 트롯」에서 첫 무대로 진성 가수의 「태클을 걸지 마」를 부를 때 벌써 김호중의 결의를 볼 수 있었다.

     "남들과 다른 인생을 살았다고 해서 인생을 모를 거라 단정지을 수는 없다. 나, 노래밖에 모르지만, 그 안에서 인생의 희노애락을 경험했고, 뼈아픈 상실감도 겪었으며, 거기서 자신감을 찾을 수 있었다. 노래 부를 때 가장 나답고 나 자신일 수 있었다. '노래하는 김호중'으로 살아간다는 것, 그것이야말로 나의 프라이드요, 나의 가장 큰 기쁨이다."

     어려서부터 장난감 마이크를 들고 노래를 불렀다니 타고난 예술가 기질과 재능이 있었나 보다. 외가 쪽이 예술을 좋아했고 어머니 뱃속에서 태교를 음악으로 했다니, 어머니 영향으로 호중이 노래를 잘하는 것 같다.

     벌써 초등 5학년 때 라디오 방송에서 가수 비의 노래 「태양을 피하는 방법」을 불러 1등을 했다니 천부적인 소질이 있는 것이다. 또 친가 쪽은 운동을 좋아해서 축구 선수의 꿈도 가졌다고 한다.

"내가 원했던 건 특별한 행복, 엄청난 돌봄이 아니었다. 그저 남들처럼 평범한 부모가 있는 평범한 가정에서 세끼 밥 먹고 깨끗한 옷을 입고 지내며 가끔은 친구들을 집으로 데려와 놀면 좋겠다는 그런 환경이었어요."

그렇게 간절히 원했던 어린 시절 평범한 가정은 깨어지고 할머니 손에서 자라게 되니 나쁜 일들이 일어났던 것이다.

아이들이 잘못되는 것은 모두 어른들, 부모들의 책임이다. 그러니 부모의 잘못으로 자식들이 잘못되는 경우가 많다.

그러다가 호중이 중2 때 파바로티의 「네순 도르마」를 듣고 온몸에 전율을 느꼈다고 한다. 이때부터 호중이는 성악가의 꿈을 꾸고 있었다. 그리고 어떤 어려움을 겪게 되더라도 이 세상을 살고 싶고 또 잘 살아 보겠다고 다짐을 하였다.

푸치니 오페라 「투란도트」 중 칼리프 왕자가 부르는 아리아 「공주는 잠 못 이루고(Nessun Dorma)」는 슬픔을 품고 있으면서도 용감하고 당당하라고 외치고 있다.

빈체로 빈체로(Vincero, 이기리라!)!

이 노래를 들으며 현실은 어쩔 수 없지만 '빈체로!'를 외치는 순간 모든 것을 다 잊고 승리의 화신을 맞이하며 웃고 있었던호중은 교회 합창단 지휘자 장로님을 만나 기초적인 발성법, 실기와 악보 보는 법 등 이론 공부를 하였다.

그리고 대회에 나갈 때마다 상을 받았다.

"파바로티처럼 나도 세계적인 성악가가 되자." 꿈을 꾸며 경북예고에 입학하였다. 그러나 레슨비가 없어 서글프고 서러웠다. 그래서 권고 퇴학 후 알바를 구했으나, 미성년자라 안 받아줘서 방황할 때에 한 조직의 형을 만나 심부름 같은 것을 해 주고 도움을 받았으나, 부끄러운 일을 한 적은 없었다.

이럴 즈음 먼저 학교 선생님 소개로 서수용 스승님을 만났다.
이때 파바로티 노래를 들으신 서수용 선생님이 말했다.
"그동안 네가 어떻게 살아왔고 뭔 잘못을 했는지 모르지만, 내가 봤을 땐 넌 노래로 평생 먹고 살 수 있을 거 같다."
그 소리를 듣자 눈물이 핑 돌았다.
파바로티에 이어 두 번째 운명의 순간이 열리는 순간이었다.
그리하여 서 선생님이 근무하는 김천예고 학생이 되었다.

전학을 간 고2 때부터 여기저기 콩쿠르에 참가하게 되었다.
특히 단짝 친구를 사귀어 둘이서 서울 세종문화 회관의 세종 음악 콩쿠르에 두리번거리며 참가했는데, 무사히 예선에 올라 둘이 다 통과하였다.
본선 때는 서 선생님이 오셔서 세종문화회관 로비에서 함께 기다렸다가 참가했는데, 내가 1등, 친구가 2등을 하자

"너희 때문에 살맛이 난다."라며 기뻐하셨다.

"테너 가수인 내 친구는 달빛이 반짝이는 은빛 물결처럼 은은하게 흘러가는 경향이라면 나는 좀 거칠게 냈었는데, 친구의 장점을 받아들여 음색을 온화하게 다듬을 수 있었다. 반면에 내 친구는 나의 장점을 받아들여 박력 있게 부를 수 있었다."

2. 독일 유학

✍ 내가 칠순 기념으로 유럽 여행을 혼자 다녀온 적이
있다. 그때 나도 비행기를 타고 독일 공항 프랑크푸르트에 가서 현지 가
이드를 만나 거리 구경한 적이 있기에 호중의 거리 풍경 설명에 감명을
받았다. 어쩜 그렇게 문학적인 표현으로 풍광 설명을 잘할까 놀라웠다.

"울창하게 자란 나무들이 드리우는 초록 물결은 보고 또 보아도 질리지
않았다. 초록이 한 가지 색이 아니라는 것을 깨달은 것도 프랑크푸르트의
숲 덕분이었다. 햇빛이 비치는 날에는 초록빛을 띠었다. 그리고 비가 오는
날이면 숲 속이 그윽해지며 초록빛이 한층 더 짙어졌다. 순간순간이 그야
말로 초록의 향연이었다. 초록빛으로 빛나는 프랑크푸르트에서 나는 이
제 막 나는 법을 익히는 아기 새처럼 서툴지만 힘찬 날갯짓을 시작한다."

그래도 5년 유학생활 동안 바젤에 사는 아는 형을 방문했던 기억이
추억으로 남는다. 바젤에서 프랑크푸르트로 돌아오는 길에 파란 하늘
에 떠가는 구름과 아름다운 산들, 그리고 투명한 햇살들은 평생 눈에
담고 싶은 풍경이었다.

이러한 경치에 도취되어 저절로 노래를 흥얼거리게 되었다.

노래의 날개 위로 내 마음이 실려 둥둥 떠가는 듯하였다.

3. 남몰래 흐르는 눈물

🖋 또 이탈리아 라 스칼라와 밀라노에 갔던 일은 최고의 수확이었다. 마리아 칼라스와도 공연한 적이 있는 88세 니콜라 타제르 선생님 앞에서 노래를 불렀다.

오페라 「사랑의 묘약」에 나오는 아리아 「남몰래 흐르는 눈물」을 부르자, "지금 당장 데뷔해도 좋을 만큼 훌륭한 실력을 가졌구나." 칭찬해 주셨다. 그리고 갈라 콘서트를 소개해 주셨다.

밀라노의 라 스칼라, 나는 언제 이곳에서 노래를 부를 수 있을까. 생각만 해도 황홀하였다.

그런데 현실은 수술실처럼 생긴 숙소에서 난감했다.

그래서 피자집에 가서 축구 응원을 하며 팬들과 즐겁게 보내면서 분명 행운의 여신이 내게 손짓을 할 것이라 여겼다.

로마에서는 리노 선생님을 만났다.

조수미 선생님을 비롯해 한국 제자들을 많이 키우셨는데, 나도 리노 선생님 덕에 '콘틸리노 연주회'에서 노래를 부르게 되었다.

"노래하는 당신이 매력적이고 당신의 앞날을 축복하며 행복을 기원한다."라는 말을 들으니 내 안의 긍정적인 기운이 솟아났다. 그런데 호텔 로비에서 핸드폰을 분실하여 그동안 찍은 사진과 음악들을 다 날려 보냈다. 또 지하철에서는 강아지 땜에 수난을 당한 적도 있었다.

베로나 원형 무대, 예전에 검투사들이 사자와 싸우던 곳이 지금은 원형극장이 되어 음악가들의 향연이 펼쳐지는 곳이 된 모양이다. 언젠가 내 생애 딱 하루만이라도 여기서 노래 부르는 날이 오기를 기대해 본다.

4. 고딩 파바로티

🌸

✎ 나는 SBS 방송국에서 「고딩 파바로티」로 알려진 이후 5년간 독일 유학을 다녀와서 30세 「미스터 트롯」 나올 때까지 6년여 동안 무엇을 했는지 궁금하였다.

아마 독자들도 많이 궁금해할 거 같아 김호중 자서전을 보고 여기에 기록해 보았다.

유학을 다녀온 호중은 행사가 들어오면 노래를 부르고 틈틈이 여행을 다녔다. 주로 동남아 지역을 돌아다녔다. 특히 자주 드나들던 곳은 필리핀 세부였다. 그곳엔 현지인 친구가 있었는데 나이가 호중보다 많아도 친구로 지냈다. 거리를 다니며 영어공부를 하였다. 세부에선 뭘 하든 마음이 편했다.

필리핀 민요도 배웠는데, 다른 나라 노래를 배우다 보니 주옥같은 가사를 통해 새로운 감수성을 익힐 수 있었다.

그 나라 공연엘 가면 그 나라 노래를 그 나라 말로 불러 주는 게 예의 같았다. 태국 방콕에 가서도 두 달을 살다 왔다. 여행은 호중에게 풍부한 감성과 근사한 풍경을 선물해 주었다. 노래마다 곡과 가사를 익힐 때 여행 중 보았던 풍경들이 도움이 되었다.

시인과 촌장의 「풍경」 노래를 부를 때 '세상 풍경 중에 가장 아름다운 풍경은 모든 것이 제자리로 돌아오는 풍경'이라는 가사를 프랑크푸르트의 숲이나 필리핀의 보홀에서 떠올렸다.

'삶과 죽음'의 노래라면 또 "너나 나나 한세상 살아도 결국 돌아갈 곳은 제자리, 내 몸 하나 뉠 자리에서"를 방황 시절에 불렀다면 '세상에서 가장 아름다운 풍경으로 할머니의 품속'을 떠올렸을 것이다."

유럽 여러 나라와 동남아 여행은 잊지 못할 추억들이었다. 그리고 그것들이 호중 노래의 마르지 않은 샘이 되어 주었다.

호중은 김광석 노래를 좋아한다.

「있어야 한다는 마음으로」 노래 가사에서

'밤하늘에 빛나는 수많은 별들, 저마다 아름답지만, 내 맘 속에 빛나는 별 하나 오직 너만 있을 뿐이야.'

이 노랫말은 호중의 마음의 풍경 속에서 별처럼 빛났다.

5. 미스터 트롯

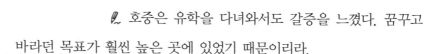

✎ 호중은 유학을 다녀와서도 갈증을 느꼈다. 꿈꾸고 바라던 목표가 훨씬 높은 곳에 있었기 때문이리라.

몸의 근육을 키우려 체육관을 다니면서도 느릿한 러닝머신을 타고 있는 것처럼 계속 목이 말랐다.

그리하여 하루 종일 노래만 불렀다. 성악 한다고 성악만 듣지 않고 7080을 비롯해 다양한 노래를 불렀다. 몇 년 동안 외국 노래만 불렀더니 우리말 노래를 갈망하게 되었다.

그때 우연히 기회가 왔다.

「미스트롯」을 보면서 김광석, 김현식, 해바라기, 송창식, 최백호 등의 노래를 불러보니 생동감을 느껴지고 내가 살아 있다는 자신감이 생겼다.

"그래 나도 대중 속으로 들어가는 거야, 그래서 내 노래를 부르자." 생각하니 가슴에 불이 붙었다.

마침 「미스터 트롯」 공모가 있어 대뜸 신청하였다.

성악가가 트롯을 한다는 게 새로운 개척의 길이라 떨리기도 하고 망설여지기도 하였다.

맘속에서도 도전과 그대로가 팽팽하게 겨루었다.

"잘하지 못하면 어떡하지?" "괜찮다, 한번 해 보자."

그러자 "한 번 사는 내 인생인데 하고 싶으면 하는 거다!" 하고 도전의 길을 택하였다. 그리고 "죽으러 가는 길이 살러 가는 길이다. 초심으로 돌아가자." 외치며 「미스터 트롯」 준비를 하였다.

언젠가 「미운 우리 새끼」 프로에 함께 출연하여 낚시터에서의 추억을 안겨 준 진성 선배의 「태클을 걸지 마」를 부르기로 했는데 그분이 심사위원(마스터)으로 오셨기에 당황하였다. 게다가 녹화하는 날 무대에서만 보던 현역 가수들이 대거 등장하는 것을 보고 지레 겁을 먹고 짐을 싸야 하는지 두려움이 앞섰다.

그러나 타 장르 부 사람들과 생각보다 빨리 친해져 조금씩 마음을 열고 적응해 나갔다. 국악에 비트박스와 락 장르 그리고 나의 성악까지 있으니 연습 때는 시장터를 방불케 하였다.

타 장르 부가 호명되어 무대 앞에 나란히 앉아 자기 이름 부르기를 기다리고 있었다.

드디어 내 이름이 귀에 들리어 걸어 나갔는데 머릿속이 하얘졌다. 그래도 아리아 한 소절을 불러 고딩 파바로티가 왜 여기에 나오게 되었는지 소개를 하였다.

"성악이 싫어서가 아니고 노래하는 사람이 되고 싶어 도전하게 되었다." 그리고 이어서 진성 가수의 「태클을 걸지 마」를 부르기 시작하였다.

'어떻게 살았냐고 묻지를 마라. 이리저리 살았을 거라 착각도 마라.'

　내 안의 세포들이 10년 전 처음 이 노래를 들었을 당시의 느낌들을
끄집어내어 태풍 속에서도 그 눈 안에 있는 듯 마음이 고요했다. 정
신을 차리고 보니 노래가 끝나고 올 하트가 터지자 이 노래 한 곡으로
힘든 세월을 모조리 보상을 받은 느낌이었다.
　그런데 내가 예선에서 임영웅을 제치고 '진'이 된 것이었다.
　감격스러우면서도 '진'의 왕관의 무게가 느껴졌다.

6. 트롯 예선 '진'

✍ "고생했다, 호중아!" 내가 나에게 말해 주었다. 「미스터 트롯」은 인생을 그대로 닮았다. 인생의 축소판 같았다. 오늘의 무대를 잘해야 내일의 기회가 주어진다.

언제 탈락할지 모르는 긴장감을 견뎌야 한다.

그러나 나의 목표는 동료들을 이기는 게 아니라 나의 노래를 부르는 것이다. 이런 생각을 하자 조금씩 무대를 즐기게 되었다. 타 장르 부의 팀 미션이 걱정되었는데, 각자의 장기를 무기로 접목시키니 실로 최고의 팀 공연이었다.

월드 클래스 미스터 붐 박스, 한국 최고의 소리꾼, 한국 락의 레전드에, 또 내 성악이 합치면 행복한 음악회를 만들 수 있겠다 했는데 퍼포먼스에서 몸치인 내가 문제였다. 그 일은 지금도 미안하다. 그래도 우리만의 색깔로 최선을 다하였다.

1:1 데스 매치는 민호 형이 '진'끼리 대결하자면서 나를 지목하여 겨루게 되었다. 그리고 승리하여 왕년의 '고딩 파바로티'는 「미스터 트롯」을 통해 '트바로티'가 되었다.

여기서 "트바로티 김호중은 하나의 장르다!" 이런 찬사를 받으면 몸

둘 바를 몰라 하며 감사했다.

호중은 트롯을 부르면서 희노애락의 감정을 담아 노래할 수 있다는 것이 노래하는 자의 특권이자 행운이라는 걸 알았다.

사랑할 때는 사랑 노래가 다 내 노래 같고, 이별할 때는 이별 노래가 다 내 노래 같다고 생각했다.

그래서 나도 내 노래를 갖고 싶다. 장사익은 「봄날은 간다」 최백호는 「보고 싶은 얼굴」 진성의 「태클을 걸지 마」처럼 김호중 스타일 노래를 갖고 싶었다.

'어, 누구랑 비슷하네.'가 아니라 '김호중 노래네.'의 유일성을 바라게 되었다. 노래만 부르면서 살면 행복할 줄 알았다. 물론 지금 그렇게 살기에 행복하다.

그러나 어릴 적 꿈꾸던 행복과는 좀 다르다.

비극도 슬픔도 좌절도 절망도 없는 달콤한 유토피아였다면 지금은 짜고 달고 맵고 시고 쌉쌀한 맛이 섞인 게 행복인 것을! 노래를 통해 사람들에게 위로와 희망을 주고 싶어 음악을 계속해야 하는 것이다.

「미스터 트롯」 최종 결과가 나왔다, 4위로!

"잘했다 호중아. 충분히 애썼고 수고했고 고맙다." 내게 말했다. 진선미만큼이나 값진 결과였다. 나도 '트바로티'란 명예로운 이름도 얻었고, 팬들에게 과분한 사랑을 받고 있다.

「미스터 트롯」이 내게 준 선물은 인생의 기적이라고밖에 말할 수 없다. 훌륭한 선배와 동료들에게 많은 것을 배웠고, 인생의 풍부한 결을 만들어내는 경험을 할 수 있었다.

지금도 눈 감고 노래 한 곡 한 곡 떠올리면 방금 무대를 끝낸 것처럼 선명하게 다가온다.

「태클을 걸지 마」에서 「고맙소」까지 모두 내 인생의 노래였다. 이렇게 좋은 노래를 부를 수 있었다는 사실만으로 참 행복하고 고맙다.

여기서 나는 김호중이 자신을 칭찬해 주는 모습에 찬사를 보내고 싶고 박수를 보낸다. 어쩜 내 생각과 그렇게 같을까?

7. 드라이브 팬 미팅

🖊 코로나 19 시절이라 팬 미팅을 대면으로 할 수가 없어서 드라이브 스루로 하게 되었다. 이날의 감동은 나의 일생에서 두고두고 꺼내 볼 행복한 추억이 될 것이다.

모든 팬들이 거의 다 나의 팬클럽 색인 보랏빛 의상을 입고 와 주었다. '내 마음의 활력소, 내 삶의 비타민'이었다.

이 더위에 짧은 만남을 위하여 얼마나 먼 길을 오셨을까?

제주도에서 산후우울증이 치유되었다고 오셨고, 베트남에서는 항암 치료 중에 내 노래가 약이 되었다고 오셨다.

팬 사인회 시작하고 4시간 지났지만, 아직도 자리를 뜨지 않는 팬들에게 「태클을 걸지 마」와 「고맙소」를 불러 답례를 하는데, 목이 메고 눈물이 흘렀다.

나중에는 헤어지기 아쉬워하는 팬들에게 앙코르곡으로 무반주 노래를 불러 답례를 하였다.

「그댈 나보다 더 나보다 더 사랑해요」를 부르기 시작하자 팬들 모두가 떼창을 하는데, 눈물이 쏟아져 온몸이 감동의 물결에 휩싸여 흔들렸다. 그래서 나는 다짐하였다.

"마음을 치유하는 의사 같은 가수로 살아가겠다."

나 또한 수많은 노래를 들으며 상처가 치유된 경험이 있기 때문이다.

"지친 마음을 감정으로 어루만져 주고 힘이 되어 주는 의사 같은 가수가 되자."

나이 많고 기회가 닿지 않아 드라이브 스루 팬 미팅에 참여하지 못했지만, 나 역시 아리스 가족으로 등록했으니 소식을 들은 것만으로도 뿌듯하였다.

작은아들 앞세워 호중의 모교 김천예고를 방문해서 추억을 만들었고, '트바로티'의 집에서 기념 촬영도 했고, 또 학교 옆에 있는 연화지 연못을 돌아본 것으로 만족해야 했다.

그리고 김호중 거리와 소리의 길 준비하는 것을 보고 왔기에 트바로티 팬으로서 즐거울 뿐이다.

8. 서수용 스승님

✎ 하늘 같은 은혜를 베풀어 주신 서수용 선생님!

나를 늘 지켜봐 주면서 간섭을 일절 하지 않고 믿어 주셨다. 선생님은 언제나 "괜찮아." 하셨다. 그리하여 사람을 믿어 주는 게 굉장히 중요하다는 걸 알게 되었다.

10초도 안 되는 짧은 시간 선생님의 몇 마디 말로 내 인생이 완전히 바뀌었다.

"넌 평생 노래로 먹고살 수 있는 사람이다."란 말을 듣는 순간 내 마음에 울리는 종소리를 들었다. 정말로 머릿속에서 큰 종이 울리는 듯하였다. 선생님은 눈물보다 땀을 흘리는 일의 가치를 알게 해 주셨다. 선생님의 수많은 말은 밥보다 보약보다 귀한 것이었다. 고3 시절 목이 안 풀려 낙담할 때 "사람을 시계에 비유한다면 태어난 시각이 0시, 19살인 너는 이제 겨우 5시나 6시야. 아침 5시에 학교 오는 친구들이 있겠냐?"라고 위로해 주셨다.

그리고 이어서 "인생이라는 학교도 마찬가지야. 지금 넌 새벽 5시니까 너무 애쓰지 않아도 된다. 아침에 눈 비비고 일어나기도 힘든 시간이잖니? 이런 시간에 목이 풀리지 않는 건 당연하지. 시간이 지나면

다 때가 와. 너의 때도 반드시 올 거다." 하셨다.

그러나 나는 무작정 기다리기만 하지 않았다. 할 수 있는 것을 해 나가면서 충실히 노래를 불렀다. 「미스터 트롯」 나갈 때 성악과 트롯 장르가 달라 걱정하셨는데 첫 방송이 나가자

"호중아, 내 말 취소다. 나는 성악 선생이지 음악 선생은 아니야. 네가 음악 속에서 놀려고 하는데, 내가 시선을 너무 좁게 본 것 같다. 미안했다. 열심히 멋지게 놀다 와라." 전화를 주시고 공연 내내 응원해 주셨다.

그리고 늘 내 옆에서 든든하게 지켜 주신다. 그래서 내 인생에 가장 자랑하고 싶은 것을 묻는다면 서슴없이 말할 것이다.

"서수용 선생님이 저의 스승님인 게 가장 큰 자랑입니다." 외칠 것이다. 선생님 생각만 하면 내가 큰 바다에 둥실 떠 있는 것 같다. 나의 전부를 수용하고 받아 주는 넉넉한 바다.

내게 노래로 평생 먹고 살 수 있다고 전 재산을 걸고 말해 주신 분, 그 선생님 재산을 거덜 내지 않아서 참으로 다행이다.

9. 할머니 생각

✏ 내게 부모님 이상의 존재였고 이 세상에서 살아갈 수 있도록 삶의 지혜와 교훈을 알려 주신 분이며, '사랑'이라는 말을 생각할 때 가장 먼저 떠오르는 분이다. 가슴에 묻어 둔 깊은 슬픔, 나에겐 할머니와의 기억이 그렇다.

내가 고등학교 기숙사 생활을 할 때 편찮으시더니 1년 후 대장암으로 떠나셨다. 가시기 이틀 전 병원으로 찾아갔더니 누워있던 할머니가 내 손을 잡으며 말씀을 하셨다.

"호중아, 너는 앞으로 사람들에게 박수받는 사람이 되면 좋겠다. 인사 잘하고 절대 폐 끼치는 일 하지 말고 살아라. 내가 죽어서도 하늘에서 꼭 지켜볼 테니 단디 행동 하래이."

살아 계셨으면 「미스터 트롯」에 나온 내 모습에 누구보다 기뻐하고 자랑스러워 하셨을 할머니. 내가 자주 부르는 「천상재회」는 할머니를 생각하며 부르는 노래다. 하늘에서 지켜보며 듣고 계실 것이라 믿으며 부른다.

상처 많은 시간을 살아가면서도 내 안에 긍정적인 생각이 싹틀 수 있었던 것은 순전히 할머니 덕분이었다. 할머니는 공부보다 더 중요한 것은 사람다운 사람이 되는 거라고 하셨다.

"누구한테든 베풀 줄 아는 사람이 되어라."

사지육신 멀쩡하면 무슨 일이든 할 수 있다는 할머니의 말을 힘든 시절마다 곱씹었다. 내 정신이 무너지지 않게 해 준 큰 버팀목이었다.

"그래, 내 몸이 성하니 얼마나 다행이냐. 다시 시작하면 된다. 남을 속이는 것보다 배고픈 게 낫다. 내가 좋아하는 노래를 부르면서 살아갈 수 있다."

다시 태어날 수 있다면 또 우리 할머니 손자로 태어나고 싶다. 아, 할머니가 보고 싶다.

"할무니, 할무니가 이 세상에 있어서 내가 살 수 있었어요. 할무니 덕분에 내가 조금이라도 더 나은 사람이 되었어요. 사랑해요, 할무니!"

10. 순간의 기적들

　🖋️ "형님들, 이렇게 다시 만나서 참 좋습니다. 힘든 시절 찬비를 막아주던 우산 같은 선배 형님들, 우리 오래오래 서로 마주보며 무대에서 노래해요. 함께, 같이 갑시다."

　호중은 「미스터 트롯」에 나오면서 예전의 선배들과 재회를 하게 되었다. 과거에 즐겨 부르던 노래 「처음부터 알 순 없는 거야」(김민교) 가수 형은 호중을 진심으로 격려해 주고 응원해 주었다.

　"조금만 참고 음악 열심히 하면 좋은 날이 온다. 설령 좋은 날이 오지 않아도 너나 나나 음악 하는 사람 아니냐?"

　그렇게 위로해 주던 선배 형이 패널로 나온 「복면가왕」에서 만나게 되어 반가워 신기해하며 같이 부둥켜안고 울며 행복해했다.

　또 「바다를 사랑한 소년」(진시몬)을 부른 선배의 팬으로서 "바다여, 나의 사랑을 말해도 소리쳐도"를 흉내를 내면서 불렀다.

　처음 서울에 상경했을 때 삼촌처럼 친구처럼 집에서 재워주며 잘 붙잡아 주었던 선배를 「불후의 명곡」에서 듀엣으로 만나게 되어 너무 감격스러웠다.

　"둘이 이렇게 노래한다는 것 자체만으로 감격했고 행복했어요." 고백할 정도였다.

그리고 너무나 감사한 것은 민교 형도 시몬 형도 나를 음악 하는 호중이로 받아들여 주었을 뿐 자신들과 다르게 보지 않은 점이었다. 선배라고 으스대지 않았다.

힘들면 힘들다고 말하고, 기대고 싶으면 기대고, 그러다 힘이 좀 생기면 또 자산의 길을 가는 모습을 묵묵히 지켜봐 주는 사람. 형들이 그런 사람이었듯이 나도 누군가에게 그런 사람이 되어 주고 싶다.

"호중아, 잘했다." 하나님의 은총이랄까. 파바로티의 노래를 듣고 충격을 받았던 순간, 예술고등학교로 진학했던 순간, 서수용 선생님을 만났던 순간, 「스타킹」에 출연했던 순간, 「미스터 트롯」에 나갔던 순간들을 통해 인생에서 중요한 변곡점이 만들어진 순간들은 우연이기도 했고, 기적이기도 했다.

어쩌면 우연도 아니고 기적도 아니었을 수도 있다.

모두가 하나님의 각본대로 운명적으로 이루어졌을 수도 있다.

소감

나이가 많은 할머니기 김호중 팬이라고 떠드는 것도 좀 어울리지 않겠지만, 거기다 『트바로티』 자서전까지 탐독하고 줄거리를 다이제스트 해서 적었으니 망령이랄까! 하하!

내가 『트바로티』를 읽고 가장 감명 깊게 읽은 것은 호중의 노래하는 태도였다.

노래를 새로운 곡을 받으면 일단 가사를 정독하고 그 노래를 귀가 닳도록 듣고, 듣고 또 듣는다. 한편의 에세이라 여기고 눈을 감고 영화 속 감독이 되어 이 노래로 영화를 만든다면 어떤 장면으로 찍을까 상상해 보는 그 자세와 태도가 너무 맘에 들어 빠져버렸다.

상상으로 노랫말 대사를 인용하여 영화 한 편을 찍다니 얼마나 아름다운 예술성이냐. 특히 괴테의 『젊은 베르테르의 슬픔』을 오페라로 각색한 장면에서 테너 역할로는 이런 연습 방법은 도움이 되었을 것이다.

그리고 내가 호중을 존경하기까지 하는 것은 그의 음악에 대한 태도와 노력의 극치를 볼 수 있기 때문이다.

"누군가는 나더러 노력형이라 하고, 누구는 천재형이라 한다."

아무러면 어떠하랴, 타고 난 면도 있겠지만, 노래를 많이 듣고 자주 듣는 것부터 시작해서 감정 공부와 가사를 상상하는 일까지 자신이 좋아하는 노래를 저장하고 싶어서 열심히 노력하는 점이 대단하였다.

내가 기울이는 노력은 축구 선수가 슈팅 연습을 하는 것과 같다. 수만 번의 슈팅 연습을 할 때 한 골 한 골 최선을 다하지만, 그 골이 모두 성공하는 것은 아니다.

사실 말해 내가 기울인 노력에 비하면 내 재능은 미약하기 그지없다.

언젠가 고음이 잘 안 나와 슬럼프에 빠졌을 때 한 선배가 "네가 이 음을 낸 적이 있지 않냐? 네 몸이 기억하고 있을 것이다."라고 말해 주어 재도전을 한 적이 있었다.

"그렇다, 내 몸은 내가 연습할 때 내었던 음을 기억하고 있었다."

미완의 노래를 부르더라도 지금보다 더 나아지도록 노력하는 것, 남의 노래 흉내 내는 게 아니라 나의 노래를 부르는 것이 나의 소망이다.

어릴 때 할머니 집 고물 라디오는 가끔 지지직거려 다이얼을 돌려 주파수를 맞추면 언제 그랬냐는 듯 음질이 깨끗해졌다.

나는 지금 어디에 주파수를 맞추고 있는 걸까?

조금 느리더라도 묵묵히 견디고 인내하면서도 하나씩 섬세하게 맞춰 보는 게 내 성격에 맞았다. 그래서 그 시간을 기다렸고 그 기다린 세월이 지금의 나를 만들었을 것이다.

나이와 상관없이 자신이 하고 싶은 일을 하면서 살고자 하는 사람들은 다시 말해 무언가를 꿈꾸는 사람이라면 어제와 오늘은 다른 날일 것이다. 누구나 각자에게 주어진 자신만의 삶이 있고 각자에게 딱 맞는 주파수가 있다.

"호중아, 니는 앞으로 박수받는 사람으로 살아라."라는 할머니의 유언은 남의 주파수가 아니고 내 주파수를 찾을 때까지 성실하게 살아가는 것이다.

"너의 인생을 살아라. 힘차게 흐르는 강물처럼, 공중으로 뻗어 나가는 소리처럼, 빛을 향해 힘차게 가지를 뻗는 나무처럼, 할미가 하늘에서 꼭 지켜볼기다. 단디 행동 하래이."

이 책을 읽으면서 늙은 나에게도 귀감이 되는 내용이었다. 역시 훌륭한 할머니 밑에서 자란 탓이구나 생각하였다.

마치면서 ✱ ··

지구상에 살고 있는 사람이라면 누구나 건강하기를 원한다.

이렇게 온 인류의 염원인 건강을 어떻게 지켜야 할 것인지 생각해 보았다. 또 사람들은 세월 가는 것을 두려워한다.

한 마디로 나이 먹는 것을 겁내 한다. 죽는 날이 다가오는 것을 반 가워할 순 없는 것이다.

그래서 난 이 책에 '거꾸로 나이 먹기'라든지 '나이 덜어내기' 같은 웃 기는 얘기를 써서 생각이라도 젊게 살며 행복하자고 했다.

또 책 내용 중 '내 몸의 활동 설명서'를 통해 코로나 속에 갇혀 지내 는 노인들의 건강 지킴이 노릇을 해 볼까 하고 운동과 식이요법을 적 어 보았다. 그러나 아들은 노인들이 책을 읽겠냐고 한다.

언젠가 지인이 책 읽는 것은 눈이 잘 안 보여 못 하는데 듣기는 잘 할 수 있다는 말이 생각나서 '그렇담 유튜브에 '책 읽어 주는 할머니' 가 되어볼까?' 하며 웃었다.

얼마 전 아들은 젊은이들의 문학 클럽 '브런치'에 응모하여 등단하였 는데, 젊은이들이 스마트폰 글은 많이 읽는다는 것이다.

대체로 노인들은 눈이 불편하다고 책을 멀리하고 지내는 게 사실이 다. 그러니 내가 알고 지내는 지인들이나 친구들이 좀 읽어 주겠지만,

그 숫자는 얼마 되지 않을 것이다.

그래도 이 책이 중년층에 홍보되어 많이 읽히고 누구든 살아 있는 동안만은 건강하게 지냈으면 하는 심정으로 이 글을 썼다.

여름 무더위 속에 몇 달을 독수리 타법으로 책 한 권을 다 치고 마무리 단계에서 마우스 관리 실수로 200페이지를 모두 날려 보냈다. 그림자도 없이 사라져버렸다.

아들에게 말하니 복사본을 만들면서 하라고 해서 사후처방전이지만 새로 쓰면서는 바탕화면에 복사본을 만들며 썼다.

그리하여 선선한 가을날에 한 달을 다시 책 쓰기에 도전했다.

먼저 쓴 원고를 뒤적이고 기억을 총동원하여 차례 쓰기에 맞게 글을 떠올리며 썼다.

컴퓨터에 무지해서 몸이 고생하였다.

그러면서 우리 인생도 실수해서 지우고 싶은 과거가 있으면 싹 지우고 새로 출발한다면 어떨까 생각해 보았다.

생각이 여기에 미치자 "안 돼." 외쳤다.

지난날의 아름다운 과거는 지워지면 안 되니 나쁜 과거 기억하고 싶지 않은 것만 지우는 방법이 있으면 좋겠다.

비록 몸은 늙었어도 생각은 젊게 살기를 바라는 마음으로 쓴 『거꾸로 나이 먹자』를 읽은 독자들 생각이 얼마나 젊게 되었을까 궁금해진다.